KB106517

가지 않은 길을 아쉬워 말지니

가지 않은 길을 아쉬워 말지니

발행일 2023년 3월 15일

지은이 이규철
펴낸이 손형국
펴낸곳 (주)북랩
편집인 선일영
디자인 이현수, 김민하, 김영주, 안유경, 최성경
마케팅 김회란, 박진관
감수 강석환, 서목영, 조용호
편집 정두철, 배진용, 윤용민, 김부경, 김다빈
제작 박기성, 황동현, 구성우, 배상진
출판등록 2004. 12. 1(제2012-000051호)
주소 서울특별시 금천구 가산디지털 1로 168, 우림라이온스밸리 B동 B113~114호, C동 B101호
홈페이지 www.book.co.kr
전화번호 (02)2026-5777
팩스 (02)2026-5747

ISBN 979-11-6836-773-9 03810 (종이책) 979-11-6836-774-6 05810 (전자책)

가지 않은 길을 아쉬워 말지니

이규철 지음

북랩

책머리에서

참 오랜 기다림이었다.

40대 중반에 첫 수필집을 펴낸 후 근 30년이란 세월이 훌쩍 지나고 말았으니 어지간히 게을렀다 싶다. 그동안 예상치 못한 굴곡진 삶을 거쳐야 했던 개인사가 그 오랜 기다림의 가장 큰 원인이었다 싶지만, 비록 짧은 수필 한 편에서나마 내 글을 읽는 분들에게 아주 작은 감동이나 일말의 용기라도 주는 글을 써야 한다는 부담감이 더 크게 작용했던 것 같다.

그러나 비록 많이 늦었지만 이처럼 제2집을 발간하게 되고 보니 여간 다행스러운 일이 아니다. 이제 바야흐로 인생살이의 막바지 회귀점으로 점점 다가가고 있는 나로서 지난날을 가만히 회고해 보면 자랑스러운 일보다 부끄러운 일들이 훨씬 더 많았던 것 같다. 그래서 이 책을 꾸미며 그런 부끄러운 과거사에 대한 깊은 자각과 반성의 흔적을 글 속에 많이 담아 내게 된 것도 한 가지 큰 소득이었다고 할 수 있을 것 같다. 더욱이 이제 남은 생은 지난 과거사에 너무 얽매이지 않을 뿐만 아니라, 이후로도 여전히 희망찬 그리고 보다 미래 지향적인 삶을 살도록 할 것이며, 그래서 그에 상당하는 좋은 글도 많이 써야겠다는 바람을 더욱 다지게 된 고마운 기회였다고 하겠다.

부디 이 글을 읽는 분들에게 아주 작은 감동이라도 전달해 주었으면 하는 간절한 바람을 가져 본다. 또 혹시 미흡한 부분이 있다면 많은 분들의 기탄없는 지도편달도 바라고 싶은 마음이다.

2023년 3월 1일

목차

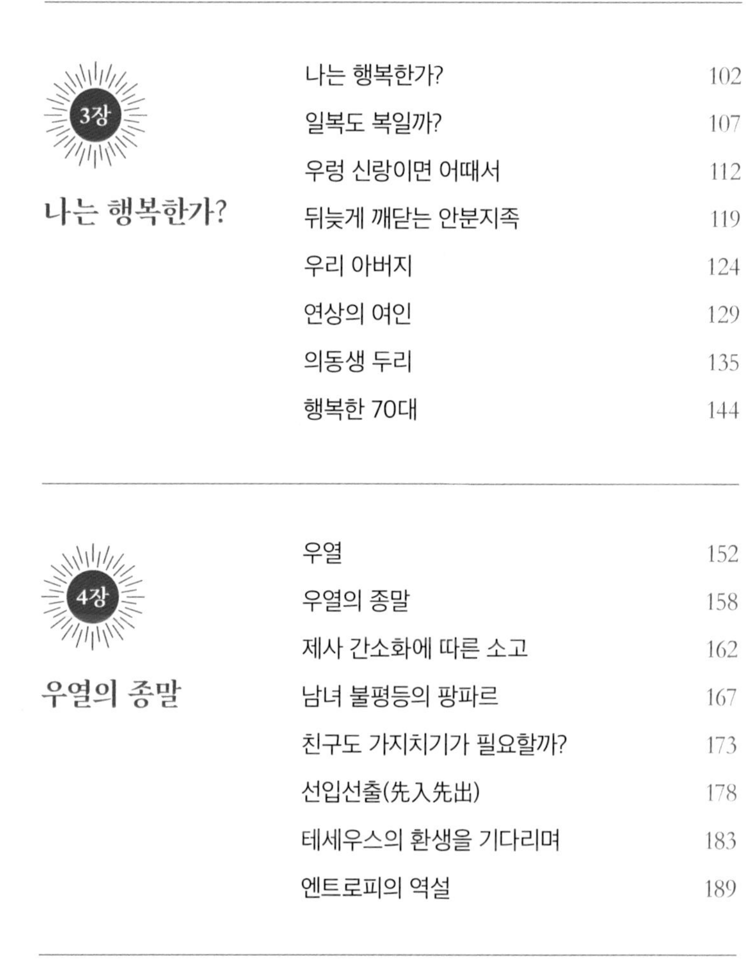

3장

나는 행복한가?

4장

우열의 종말

딸들에게 보내는 손편지

가지 않은 길을
아쉬워 말지니

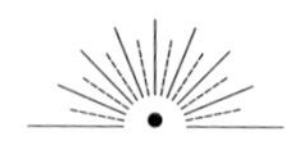

가지 않은 길을 아쉬워 말지니

매 순간을 우리는 선택의 기로에 서서 살아가야 하는 존재이다. 다시 말해 인생이란 사소한 일로부터 일생을 좌우할 중대한 문제에 이르기까지 수 갈래 갈림길 선상에서의 선택에 따라 희

비가 엇갈리기도, 평생의 삶을 좌지우지 당하게도 되는 운명 속에서 살아가야 하는 존재라는 뜻이다.

로버트 프루스트는 그의 유명한 시 「가지 않은 길」에서 인생길을 두 갈래의 아름다운 숲속 길로 비유하고 그중에 선택한 어느 한쪽 길을 따라 걸었다가, 오랜 세월이 흐른 어느 날 그 길이 아닌 다른 길을 택했더라면 하고 한숨지으며 말할 것이라고 읊었다. 몸은 하나니 두 길을 함께 걷지 못했고, 그래서 사람이 적게 간 길을 택해 걸었지만, 그것이 나의 모든 것을 바꾸었다고 할지 모른다는 회한을 가슴 저리게 그려내었다.

바야흐로 인생의 종착역을 향해 숨 가쁘게 줄달음치고 있는 나 또한 그동안 살아오며 허구한 숱한 선택의 길목에서 주저하고 망설이며 살아왔었다. 그러다 때론 나름 괜찮은, 때론 엉뚱한 선택을 교차해가며 살았고, 그때의 그 선택들이 나를 지금처럼 만들었다.

인생 행로의 여러 갈래 중 어떤 길을 택하였던 세월이 흐른 후에는 선택하지 않았던 다른 길에 대해 크든 작든 미련이 생기는 것은 묘한 인간 심리의 진면목이 아닐까 싶다. 차라리 가지 않았던 그 길이 내가 걸어왔던 이 길보다 더 나았을 것이라는 당시 선택에 대한 일종의 후회일 수도 있고, 또 한편으로는 그 가지 않았던 길이 정작 자신이 선택한 길보다는 더 나쁜 선택이었기를 은근히 바라는 자기 암시가 담긴 못된 심사의 한 단면이기도 하다. 때때로 나 또한 예전에 내가 걷지 않았던 그 길을 갔더라면 정말 어땠을까 생각해 본다. 당시 그 선택의 길목에서 내가 여태까지 걸어왔던 길이 아닌 다른 길을 택했더라면 아마도 지금보다 더 나은 삶을 살고 있지 않을까 상상해 보기도 한다.

이처럼 나 역시 감정이 있는 한 인간으로서 지난날의 그 어떤 잘못된 선택들에 어찌 자탄하지 않을 수가 있을까만 제법 오래전부터 새로운 각성을 하게 된 것이 이젠 그만 모든 나의 과거 선택에 대한 편견을 버려야겠다는 것이었다. 잘되었든 잘못되었든 그 모든 결정은 내가 한 것이고, 그에 대한 책임은 나 자신이 오롯이 짊어지고 가야 할 숙명이라고 생각했기 때문이다. 그리고 그 가지 않은 길이 내가 실제 지나온 길보다 더 나았을 것이라는 결정론적 보장 또한 어디에도 없기 때문이다.

시쳇말로 나도 잘나가던 한때가 있었다. 남들이 꽤 부러워하는 그럭저럭 괜찮은 자리에 앉아 뭇사람의 부러움과 약간의 시샘도 동시에 받으며 회사 생활을 해 나갈 때였다. 그러나 상위층으로 전진할수록 자율적 관념의 소유자였지만 그리 대범하지 못한 내 성격상 적이 엄중한 조직 분위기와 막중한 책임감에 대한 부담으로 그만 회사를 나오고 말았다. 지금 생각하면 다소 힘들더라도 좀 참고 견뎌 나갔더라면 싶기도 하지만 그땐 그래도 나름 젊은 객기에 자유롭게 소규모 무역업이나 하나 해 보겠다는 순수한 소망 하나로 그만 사직이라는 섣부른 선택을 하고 말았던 것이다. 그리고 그런 결정은 결국 나를 일시적인 파국으로 몰고 갔는데 사표를 던진 그해(1997년)가 국가부도 위기에 처한 한국이 IMF에 긴급구조요청을 했던 바로 그 해였기 때문이다. 그 연후 이어진 내 삶의 행로는 한동안 지옥을 연상하듯 참담했는데 그 적까지 학교에 다니는 아이를 셋이나 둔 가장으로서 겪은 지난날의 고난을 여기서 다 이야기할 수는 없을 것이다. 출근만 하면 책상 위에 김이 모락거리는 예쁜 커피잔이 차려지고, 은행 업무 등 갖은 바깥일도 전부 직원들이 알아서 대행해 주던 호사(지금은 언감생심이지만 예전에는 정말 그랬다)는 어디 가고 허름한 사무실에서 나 홀로 온갖 잡일을 다 감당해 내야 했던 당시의 정황을 말이다. 커피는 물론 내가 직접 타야만 하고, 가끔 은행에 가서는 창구 직원들과 시답잖은 일로 다투기도 했던 그 옛날 이야기들을….

이후 세월이 참 많이도 흘렀다.

그리고 지금 나는 새삼 다시 한번 프루스트의 시를 읊으며 가지 않았던 길에 대한 상념의 나래를 편다. 그때 만약 지금의 이 길이 아닌 다른 길을, 다시 말하면 그냥 사표를 내지 않고 하던 일을 계속해 나갔더라면 현재 나는 어떻게 되어 있을까 하는 상상을 말이다. 그리고 만약 그랬더라면 아마 지금보다 더욱 잘 되었을 수도 있었을 것이다. 당시 회사에서 더 승진하여 시니어 임원으로 크게 한몫했을 수도 있고, 혹시 더 잘 풀려 계열사의 대표가 될 수도 있었을 것이며, 가족들에게 물질적으로 더 풍요를 누리게 해 줄 수도 있었을 것이다. 그래서 아내 고생도 훨씬 덜 시키고 아이들도 좀 더 깊은 애정으로 더 잘 키웠을 것이라는 아쉬움이 남는 건 어쩔 수가 없다. 더불어 세월을 건너뛰어 궤를 달리하는 아주 오래된 이야기를 하나 더 해 보자면 아주 예전, 그러니까 내가 부산에서 살던 청소년기에 당시 고달프기 짝이 없던 주경야독을 포기하고 차라리 이웃 어른 말씀대로 국제시장 어느 가게에서 열심히 장사나 배웠더라면 지금쯤 아마 제법 갑부 소리 들어가며 살지도 모를 일인데 하는 부질없는 생각마저 해 보게 된다.

그러나 그런 허망한 생각은 잠시였을 뿐이고, 어느 순간부터인가 나는 그러한 지난날의 선택을 절대 아쉬워 말아야겠다고 작정했다. 역사는 가정이 없는 법이고, 인생사 역시 마찬가지이기 때문이다. 비록 지난날의 여느 다른 선택이 나 자신을 더 큰 성공의 길로 인도해 주었을는지도 모르나 반대로 나를 더욱 힘들게 만들어 주었을 수도 있었을 것이리라. 바로 앞 절에서 말한 대로 전직에서의 좋은 자리에 계속 있었더라면 지금보다 더 큰 명예와 나름 풍부한 물질적 부를 향유 할 수도 있었겠지만, 그 반면 나는 아직도 조직 상위층에서의 고독감과 함께, 아래 사람에겐 꽤 건방지고 거래처에 대해선 요샛말로 갑질이나 해 대는 덜된 인간으로 남을 수도 충분히 있었을 것이리라. 그러며 지금 와 회고해 보면 지난 1977년도의 선택은 비록 일시적으로는 나를 이를 데 없이 힘들게 했었지만, 한편으론 나를 더욱 어른스럽게 만들어 준 계기가 되었다고 생각한다. 그런 인고의 과정을 거치며 우리 식구들 특히 아내와의 유대가 그 이전보다 더 깊어지게 된 것도 다른 하나의 소득이라고 할 것이다. 그리고 더 무엇보다 소중한 것은 그러한 혹독한 시련 속에서 조직 생활에서는 결코 배울 수 없었던 겸손이라는 미덕을 나는 배우게 되었다는 것이다. 지금도 꾸려가고 있는 내 일에 나이 핑계 없이 최선을 다함은 물론 다른 사람들, 특히 아랫사람들에 대해서는 더욱 존중하는 마음으로 임하게 된 것이 그것이라 할 것이다. 요즘도 작업 현장에서 내 몸 아끼지 않고 부끄럼 하나 없이 작업자들과 함께 어울려 그들과 똑같이 직접 일을 할 수 있는 것도 바로 내가 선택한 그런 길을 걸어오며 체득된 값진 소득 중 하나가 아닐까 싶다.

그리고 지금 와 나는 다시금 내가 지나온 길을 되돌아본다.

그러면서 다짐한다. 절대로 지난날 가지 않았던 길을 아쉬워 말 일이라고….

그동안 내가 걸어 온 길이 비록 자갈밭과 탁수로 점철된 길이었다고 할지언정 그 길은 바로 내가 태어나 응당 걸었어야 할 길이었다고 생각하기로 했다. 그래서 마음을 가다듬고 다시금 다짐한다. 어차피 택했던 이 길을 앞으로도 나는 한 점 후회 없는 심정으로 뚜벅뚜벅 걸어 나가리라. 지난날 가지 않았던 길도 진정한 천국으로의 인도 계단은 절대로 아니었을 것이라 확신하며 기꺼이 기쁜 마음으로 계속 정진해 걸어가리라.

2022년 1월 마지막 날

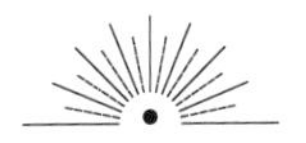

두려운 글쓰기

초등학교 5학년인가의 어느 초여름쯤으로 기억되는 날, 부산 문현동 소재 우리 학교(성동초등) 학생들은 마침 당신의 제84주년 탄신 기념일을 맞아 부산에 내려오신 이승만 대통령을 마중하러 좌수영이라고 여겨지는 먼 곳까지 걸어서 행진한 일이 있

었다. 연유는 잘 모르지만, 당시 우리 부모님을 비롯한 어른들은 이승만 대통령을 보고 박사라는 애칭(?)으로 더 많이 불러 주었던 것 같다. 어른들이 그렇게 부르니 철없던 우리도 그저 생각 없이 그분을 이승만 박사라고 많이 불렀다.

어쨌거나 우리는 그날 오신 이승만 박사를 환영하기 위해 꽤 먼 길을 걸어야만 했는데, 각 반의 머리께에 앞장선 선생님을 따라 반별로 몇 열씩인가 종대로 정렬하여 손에는 종이에 그려서 만든 태극기까지 들고서였다. 요즘 같으면 당연히 대중교통을 이용할 만큼 먼 길이었지만, 그럴싸한 노선도, 교통수단도 마땅찮았던 당시엔 도리없이 그저 걸어서 가야만 했다 싶은데 그 여정이 어린 우리들로서는 대단히 멀고도 고달픈 길이었다. 다리가 아픈 것은 그렇다 치고 종종걸음으로 앞만 보며 대오를 따라가는 동안 땀에 밴 헐렁헐렁한 검정 고무신이 '미끈-' 하고 벗겨지기 일쑤고, 자칫 곤두박질하여 앞으로 처박힐 듯 꼬꾸라지다가 주위 동무들 몸에 의지해서 가까스로 일어나기도 했다.

그렇게 힘들여서 그럭저럭 목적지에 도착한 우리들은 국도 양편에 일렬종대로 갈라서서 대통령이 타신 차가 오기를 기다렸다. 선생님께서는 대통령이 타신 차가 지나갈 때는 모두 태극기를 하늘 높이 쳐들면서 '만세-' 하고 외치라고 일러 주었다. 그러나 막상 그곳에 도착해서도 대통령의 일정 차질 때문인지 우리는 한참을 더 기다려야만 했다.

점심마저 굶어 배는 고프고 피로한 중에서도 얼마를 더 기다렸는지 모르지만, 어느덧 해는 중천을 휘-딱 넘기고 있을 때였다. 문득 어디선가 대통령이다! 하는 소리에 이어 그제야 저 멀리 경찰차와 함께 많은 차량 행렬이 보이기 시작했다. 화들짝 정신이 든 나는 선생님이 시키신 대로 열심히 만세를 부르며 태극기를 흔들어 대었다. 그러면서 당시 벌건 천 원짜리 지폐에서나 보아 왔던 대통령의 실제 얼굴이 과연 어떻게 생겼을까 싶고, 그래서 차가 내 앞을 지나갈 때 똑똑히 봐야겠다는 생각만으로 온 신경을 집중했다.

그러나 불행하게도 나는 그날 대통령의 얼굴을 볼 수가 없었다.

차가 한두 대도 아니고 또 어찌나 빠른 속도로 지나가 버렸던지 얼굴은커녕 뒷모습도 제대로 볼 수가 없었던 것이다. 그런데 그것도 무슨 자랑이라고 다른 아이들은 대통령 얼굴을 보았다고 떠벌려 댔고, 자존심 상한 나도 결국 지기 싫어하는 마음에 덩달아 대통령 얼굴을 보았다고 으쓱대곤 했다.

그 얼마 후 나는 부산시에서 주최한 글짓기 대회에서 입상을 하게 되었는데 그 제목은 지금 기억이 나지 않지만, 내용은 이승만 박사의 84주년 탄신 기념일에 관한 것으로 그분을 영접하기 위해 먼 길을 걸었던 이야기며 그분의 모습을 보고 느낀 점들을 나타낸 것이었다. 어느 날 아침 전교생이 모인 조회 시간에 나는 난데없이 교장 선생님이 수여하는 상장을 하나 받아 들게 되었는데, 상이라면 우등상이나 개근상 정도로만 알고 있던 내가 어찌 작문으로 상을 받는다는 것은 생각지도 못했던 일이었다. 하도 얼떨결이라 좋은지 어떤지도 모르고 그냥 그런가 하고 받긴 했지만, 당시 우리 부모님께서는 많이 좋아하셨던 기억이다.

그러나 그때 그 글짓기로 상을 받는 것까지는 좋았지만 나이와 함께 조금씩 철이 들어가면서 뒤늦게 그건 참 부끄러운 수상이었다는 각성이 생기기 시작했다. 왜냐하면 그 글에는 상당 부분 거짓이 내포되어 있었기 때문이었다. 나는 그 글에서 내가 제대로 보지도 못한 대통령 할아버지의 인자한 모습을 보았다고 했고, 더군다나 그분이 우리를 쳐다보고 빙그레 웃으시며 손까지 흔들어 주셨다고 하는 등 터무니없는 거짓말을 했기 때문이었다.

그런데 그랬던 내가 그 후 많은 세월이 흐른 후에 본격적으로 글을 쓰기 시작했다. 오래전 수필집도 하나 썼고 멀지 않아 제2집도 낼 준비를 하고 있지만, 아직도 나는 혹시나 예전 초등학교 글짓기 때처럼 만에 하나라도 거짓을 얘기하게 될까 봐 두려워진다. 특히 수필이란 장르가 자신의 경험을 토대로 진실을 추구하며 쓰는 글이라는 점에서 더욱 그런 것 같다. 산문의 특성상 약간의 운치와 재미를 더하기 위해 사소한 정도의 각색을 거칠 수는 있는데, 단지 내용의 본질에서는 어긋나지 않는다는 명분을 위안으로 삼기에는 역시 썩 개운치가 않아서이다.

그래서 최근 들어서는 매번 글 쓸 때마다 나 자신을 최대한 발가벗기려고 노력한다. 그러나 아무래도 몽땅 벗기기 곤란한 것도 있다. 또 나를 너무 노출시키면 쓸데없는 오해를 불러일으킬 수도 있는 일이다. 물론 이 글에서는 그러한 내용이 없다손 치더라도 간혹 나의 프라이버시에 관한 내용을 속속들이 다 밝힐 수는 없는 일이니까 하는 말이다.

그러나 비록 당장 거짓이 내 글에서 깔끔하게 다 사라지지는 못하겠지만 언젠가는 그래야겠다는 바람으로 글을 쓰고 있다. 또한 나는 그것이 바로 나를 알고 여러모로 부족한 내 글을 나름 즐겁게 읽어주는 주위 사람들에 대한 최소한의 예의임과 동시에, 그분들로 하여금 나에게 거짓 글짓기에 상을 주는 식의 우를 범하지 않도록 하는 최소한의 양심의 표현이기도 하다는 생각이다.

2005년 5월 어느 날

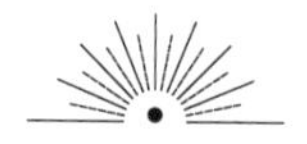

징그럽게 빠른 세월

매일, 매월, 그리고 매년 느끼는 사실이지만 흐르는 세월 참 징그럽게 빠르다.

금년도 어제 날짜로 꼬박 300일이 지나고 이제 딱 65일이 남았다. 그리고 이 남은 65일도 아마 눈 깜빡할 사이에 금방 또 지나가고 말 거다. 아쉽고 안타깝기만 한 수없이 많은 사연들이 속절없이 세월의 굴레 속에 휘감겨 마냥 무심하게 돌아가고, 무력한 나는 그 윤회의 수레바퀴를 그저 멍하니 바라만 볼 뿐이다.

출근하면 으레 책상 옆 달력의 오늘 날자 칸 아래 여백에 한 해 중 며칠이 지나고 또 며칠이 남게 되는지를 내 나름의 기호로 간단히 기록하는데, 이를테면 오늘의 경우 300/65, 이런 식이다. 지난 1993년 내 첫 수필집에서도 언급되었던 바의 이 습관은 이후 근 30여 년이 지난 지금까지 여전한 나의 일상처럼 되어 있다. 보기에 따라서 다소 하찮게 여겨질 수도 있을 이런 습관을 내가 갖게 된 까닭은 정중동으로 쏜살같이 지나가는 하루하루일망정 정녕 소홀히 여기지 말아야겠다는 바람에서 비롯된 데 있다. 물론 이러한 나의 바람은 그저 바람에 그치고, 그래서 항상 지나고 나면 "아! 벌써 또 이리 많은 세월이 흘렀구나!" 싶은 아쉬움만 줄곧 남게 되곤 한다. 그래서 첫 수필집을 낸 후 제2집을 준비하며 또 한 번 깜짝 놀라게 된 것도 막연히 좀 오래되어 한 20여 년은 지났나 싶었던 그 첫 집 발간이 어언 30년이 다 되어 간다는 사실 때문이었다. 이처럼 세월은 나의 바람과 안타까움, 공허감 등등 그 어떤 것들도 배려하는 법 없이 무심하게 잘도 흘러만 가는 그저 한 순간순간의 결합체로서의 신기루 같은 존재에 불과한 것으로 느껴진다. 아인슈타인은 그의 오랜 친구였던 친구 미셸 베소가 타계했을 때 베소의 아들과 누이동생에게 보낸 감동적인 편지에서 말하길, 물리학을 믿는 그들 같은 사람에겐 과거와 현재 그리고 미래 간의 차이란 단지 완강하게 계속되는 환상일 뿐이라고 했다. 그리고 보면 나 또한 그저 그러한 환상 속에서 열심히 허망한 미래를 좇아 헤매고 있는 사람 중 하나인지도 모를 일이다.

회고해 보면 내가 첫 작품집을 발표했을 때는 40대 초반이었는데 옛말로 강산이 3번이나 변할 만한 세월을 지내고 보니 나도 어지간히 오래 살았다 싶다. 또 현재의 내 건강 상태로 봐서는 앞으로 제법 더 긴 세월을 살 수도 있을 것이리라 싶다. 그래서 인생칠십고래희(人生七十古來稀)란 옛말도 지금 세상에선 인생칠십현금다(人生七十現今多)란 말로 능히 바꿀 만하다 할 것이다. 그러나 단언컨대 지금까지 그래 왔던 것처럼 앞으로 다가올 그 긴 세월 또한 순식간에 훌쩍 지나가고 말 수도 있을 것이다. 그리고 미래의 어느 날 나는 또다시 오늘처럼 내가 왜 그 긴 세월을 그리도 허무하게 보내고 말았을까 다시금 후회할 일이 생길지도 모를 일이다.

그래서 새삼 금년 365일 중에서 오직 65일이 남아 있는 오늘을 기해 비장한 각오로 앞으로의 삶의 방향을 또 한 번 새롭게 정리해 보고자 했다. 다짐컨대 세월의 흐름이 그러거나 말거나 그저 나는 하루하루 더 열심히 그리고 알차게 살아갈 일이다. 내 생의 불꽃이 꺼지는 그날까지 나는 여전히 그렇게 열심히 살아갈 것이리라. 불세출의 철학자 임마누엘 칸트가 죽음을 앞두고 한 말이 "이제 되었다(Es ist gut)!"였다고 읽었는데 나 또한 죽으며 그런 말을 할 수 있기를 간절하게 바라는 심정이다. 그리고 그러려면 지금까지와는 또 다른 더 성숙하고 치열하며 농도 짙은 삶을 살아야겠다고 다짐한다. 아직은 더 열심히 일하며, 아직도 더 열심히 배우고, 그리고 또 그 무엇보다도 더, 이젠 그만 그 헛된 오욕칠정일랑 삼갈 줄 아는 참인간이 되어야겠지….

2021년 10월 28일 일기에서

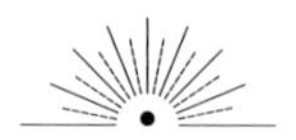

아침을 여는 사람들

매일같이 나를 향해 건강한 아침을 열어주는 고마운 사람들이 있다.

그리고 그들이란 다름 아닌 내가 경영하는 소규모 작업장에

나와 일하는 일부 여성 작업자들로서 출근하면 언제나처럼 변함없는 편안한 미소로 반갑게 맞아 주는 마음 따뜻하고 건강한 사람들이다.

우리 현장에는 매일 이삼십 명 정도의 여성 작업자들이 나와서 일을 하는데, 일감에 따라 많을 때는 그보다 더 될 때도 있다. 주어진 일은 원청회사에서 보내 주는 대용량 제품을 다시 뜯어내 분류하여 소포장 단위로 재포장하는 것인데, 생각보다 수월한 작업만은 아니어서 어떤 일은 건장한 남자가 해야 할 만한 일도 자기들끼리 시간대를 서로 나누어 가면서 직접 해내곤 한다.

그런데 출근 시의 그런 반가운 아침 인사 외에 내가 우리 작업자들에게 더욱 고맙게 생각하는 것이 또 하나 있으니 그건 바로 일에 대한 그들의 열정과 경건한 마음 씀씀이 때문이다. 그다지 창의적인 일도 아닐 뿐 아니라, 끊임없이 단순 반복되는 지루한 일들을 그 어느 한 사람 지겹다거나 힘들다는 말 한마디 없이 오직 한 개라도 더 생산해 내려고 묵묵히 애써가며 제 할 일들을 해 주는 긍정적 태도가 그만 나를 감동케 하는 것이다. 때로는 힘에 부치는 것 같아 제발 너무 서두르지 말고 좀 천천히 해도 된다고 일러도 막무가내다. 그러면서 한다는 말이라곤 그냥 평소 하던 대로 할 뿐인데 일부러 속도를 줄이는 것이 오히려 더 부자연스럽다는 것이다. 대부분 가정주부 위주의 사람들로서 기본적인 근로기준법 적용 외에는 다른 어떤 특별한 부가혜택도 더 받지 못하는 처지지만 그저 열심히 주어진 일만은 제대로 해 줘야 한다는 그들의 마음가짐이 정말 고맙고, 또 그러한 진정성이 때때로 나를 숙연케 한다.

그러나 그렇게 바삐 힘들게 움직이다가도 정해진 휴식 시간이 오면 이건 또 언제 그랬냐는 듯 삼삼오오 모여 각자의 신상 이야기로, 달리 휴대전화기로 게임도 하며 그저 깔깔대며 웃고 떠드는 모습은 이를 보는 나로 하여금 더불어 즐겁게 그들에게 동참할 수 있게 해 주곤 한다. 불과 얼마 전에는 갑작스러운 중병으로 앓아누운 한 동료에 대한 이야기를 화제로 마치 자신들 가족의 일이나 되는 것처럼 하나같이 걱정하고 가슴 아파하는 애틋한 동료애를 보였는데, 이는 진정 순수한 이타주의적 교류로 연결된 사람들끼리만 보일 수 있는 배려심의 발로라 할 것이다. 그리고 이렇듯 빠듯한 8시간의 일을 끝내고 난 뒤 퇴근 시간이 되면 하나같이 부리나케 달려 나가기 바쁜데 이후 갈 길은 각기 가지가지다. 어떤 이는 유치원이나 초등학교 다니는 어린 자식들 챙기기 위해서, 또 어떤 이는 식구들 저녁밥을 지으러 가야 는 등등 각자의 새로운 임무를 향해 종종걸음치는 그들을 바라보며 나는 또 한 번 더 가슴 깊숙이 파고드는 흐뭇한 감동을 느끼게 된다.

이처럼 열심히 살아가는 그들의 사연도 가까이 들어보면 참 다양하다. 개중에는 정말이지 생활이 어려운 사람도 있고, 부족한 아이들 교육비 때문이라든가 또는 남편이 버는 것 외에 돈을 좀 더 저축해서 나중을 대비하는 사람도 있는 등 가지가지다. 그런 한편 나이가 좀 든 층에서는 자식들 잘 키워 출가까지 시킨 여유 있는 사람도 있지만, 아직도 아이들 키우느라 바쁜 사람도 있고, 또 아직 미혼이거나 결혼을 했어도 채 아이가 없어 걱정을 안고 사는 사람들도 있다. 그러나 그 누구 하나 부와 명예를 좇아 인간으로 차마 못 할 짓일랑 꿈에도 생각지 않고 그저 하루하루를 자신들 수준에 맞춰서 최선을 다해 살아갈 뿐이다. 그리고 진정 이런 일이라도 할 수 있다는 것에 감사하고, 또 같은 장소에서 일한다는 최소공배수 하나만으로도 그들은 서로 위하며 감싸주고 또 고마워하고 즐거워하며 살아가는 것이다.

그래서 은근히 한 번씩 물어볼 때가 있다. 이렇게 살아가는 게 어떠냐고. 그리고 힘들지 않냐고. 그런데 그럴 때 그들로부터 가장 많이 듣는 대답은 "뭐 이렇게 살아도 괜찮아요." 아님 "뭐 다들 이렇게 살지 않아요?"라는 것이다. 이런 그들의 순박한 이야기를 들으며 나 또한 삶에 대한 행복이란 결코 큰 재물이나 권세에 국한되는 것은 아니라는 생각을 다시금 더 굳히게 된다. 생각하기에 따라선 일을 한다는 것이 행복일 수 있고, 일을 할 수 있을 정도로 건강하고 그러다 깔깔거리며 웃을 수 있다는 것이 바로 행복일 것이다. 그리고 나 또한 이런 행복한 사람들과 더불어 일할 수 있다는 것에 항상 감사하며 살아가고 있다. 내 힘이 자라는 데까지 그들과 좀 더 오래 함께하고 싶다. 그리고 또 지금처럼 건강한 나의 아침을 열어주는 그들의 반가운 아침 인사를 더 오래 들을 수 있기를 간절히 바라는 마음이다.

2021년 10월 어느 날

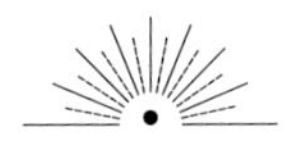

내 손이 있으매

자기의 손을 마주 잡고 난 뒤 그 손을 새삼 무척 생경하게, 그러나 정녕 감동스럽게 느껴본 사람이 얼마나 될까? 글쎄다 싶지만, 그리 많지는 않을 듯하다. 그런데 오늘 나는 얼떨결에 그런 소중한 경험을 했다.

새벽에 잠깐 잠이 깼을 때 일이다.

제주도 여행을 떠난 집식구 덕분에 널찍한 침대에서 홀로 편안하게 자는 호사를 누렸건만 한번 깬 잠이 어찌 쉬 다시 들지 않아 이리저리 뒹굴다 무심결에 내 두 손을 마주 잡게 되었다. 그리곤 문득 "아! 어쩜 이리도 내 손이 따뜻할까?"라는 생각이 들었다. 그동안 살아오며 나 자신의 손을 마주 꼭 잡아 본 적이 어찌 한두 번뿐이었을 것이랴만 그러나 정작 오늘 잠결에 우연히 마주 잡은 나의 손이 그토록 따스하게 느껴진 건 참으로 의외였다. 예전에 나하고 악수를 교환한 사람들 중에서 내 손이 참 따뜻하다는 말을 해 주었던 사람들이 간혹 있기는 했지만, 그때마다 나는 내 마음이 워낙 따뜻한 사람이어서 그렇다는 둥 익살로 분위기를 맞춰주곤 했었다. 그런 내가 막상 오늘 나의 손을 직접, 그것도 새벽잠을 설치며 잡아 본 뒤 그토록 따스함을 느낀 건 짜장 처음 있는 일이기도 했지만 한편 정상인으로서 다소 요망스럽고 민망한 생각이 안 든 것도 아니었으니 약간은 아이러니였다 할 것이다.

하지만 그러한 민망한 느낌도 잠시였을 뿐, 마주 잡고 있던 두 손에서 오롯이 느껴진 따뜻한 감촉과 함께 나 자신에게 전달된 또 하나의 가슴 뭉클한 감동이 있었으니 그건 바로 그 따뜻한 손으로부터 전달된 무언의 암시 때문이었다.

일반적으로 사람들은 무언가 간절히 갈구할 때 종종 자신의 두 손을 마주 잡곤 한다. 예를 들면 신을 향해 기도할 때나 윗사람의 선처를 바라고자 할 때, 나아가 구걸을 할 때나 그도 아니면 어른들에 대한 공손의 표시로 두 손을 가다듬는다. 따라서 두 손을 마주 잡는 자세는 대부분 자신의 나약함을 인정하는 행위로 인식되곤 한다. 그러나 오늘 새벽 스스로 내 손을 마주 잡고 난 뒤의 짧은 찰나에 내가 느낀 감정은 방금 앞 절에서 언급한 그런 나약한 형태의 손 모음이 아닌 매우 강력하고 진취적인 생각을 나로 하여금 갖게 만드는 그 무엇이었다고 할 것이다. 그리고 그건 바로 그 손의 따뜻함과 함께 전달되는, 말로 쉽사리 표현하기조차 어려운 포근한 안도감 그리고 은근히 다가오는 약간은 상징적인 자신감 같은 것이었다. 흘러간 오랜 세월에 걸쳐 수많은 친구나 지인의 손을 잡았을 때도, 그리고 내 가족 심지어 내 아내의 손을 잡았을 때마저도 못다 느꼈던 크나큰 위안과 감동을 스스로 느낀 오늘 새벽 그 순간을 나는 쉬 잊을 수가 없을 것이다. 주변 사람들 그리고 가족의 소중함과 위안이 어찌 크지 않을까만 역시 나 자신의 운명을 궁극적으로 책임질 수 있는 자는 내 주위의 어떤 힘 있는 자도, 그리고 내 친구, 내 가족의 어느 누구도 아닌 바로 나 자신이라는 사실이었다. 한없이 포근하면서도 동시에 엄청난 긍정적 에너지로 충만 된 이 손을 보유한 나 자신이라는 사실 말이다.

오늘 새벽의 일을 계기로 지난 세월 나의 이 손으로 인해 내가 얼마나 많은 성취를 이루었던가 다시 한번 되뇌어 보았다. 그리고 아득한 인류 역사를 되돌아보더라도 현생인류의 원류인 호모 사피엔스가 그 이전의 유사 지적 생명체들 또는 여타 강력했던 타 영장류들을 제치고 만물의 영장으로 발돋움한 배경에는 뛰어난 두뇌와 함께 숱한 아이디어를 현실화시키는 이 위대한 손의 역할이 얼마나 다대했을까 짐작해 본다. 그리고 문명사회로 진화한 이후 개개의 인간들 또한 제 손을 삶의 수단으로 삼아 지금까지 깜냥껏 이 험난한 세상을 얼마나 현명하게 잘 헤쳐 나가고 있는지를 생각해 본다.

잠자리에서 일어나 뒷산 매봉을 오르며 앞으로 나는 새삼 내 손에 대해 무한한 자부심을 가져야 할 것이리라 생각했다. 그리고 또 앞으로 절대 내 손으로 하여금 막연한 행운을 빌거나, 선처를 구걸하든가 도움을 바라는 데 쓰이게 하지 아니함은 물론 오히려 지금보다 더욱더 자발적인, 그리고 자선적 행위의 손이 되도록 해야겠다 싶었다. 다시 말해 절대로 쓸데없는 복을 바라는 일에나 허욕을 탐하는데 내 손을 쓰지 않아야 할 것이다 싶었다.

"하늘은 스스로 돕는 자를 돕는다"란 서양 속담이 있다.

인생선(人生船)의 실패가 남 탓이 아닌 것처럼 삶의 성공도 모두 남 덕으로 이루어서는 아니 될 것이다. 절대로 그렇게 살아가지 말자. 오늘 새벽 느꼈던 내 손의 위력을 다시 한번 상기하며, 그래서 앞으로의 나의 삶에 대한 긍정적 각오를 되뇌며 새날을 시작하기로 하자. 내 손이 있으매 이 얼마나 근사한 삶을 살고 있는가를 명심토록 하자.

2016년 4월 어느 날

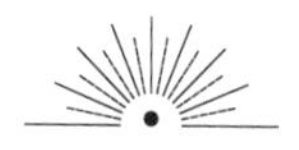

노년이사 학난성(老年易死 學難成)

이 글을 쓰고 있는 바로 이 순간에도 간단없이 무심코 흘러가는 세월을 바라보며 나로서 가장 안타깝게 생각하는 것이 내가 너무 배운 것 없이 살다가 허무하게 이 세상을 하직하고 말 것

인가 하는 것이다. 재산이야 좀 없으면 없는 대로, 명예란 것도 내 수준에 따라 누리다 팔자에 맞게 살았다고 체념할 수 있겠지만, 돈이나 명예가 없어도 얼마든지 배울 수 있는 지식을 제대로 못 채우고 간다는 공허감은 아마 죽는 순간에도 큰 한으로 남을 것이다 싶어서이다.

시대적 관점에서 정신적으로나 육체적으로 꽤 고통스럽고 힘들게 살아 온 우리 세대로서 이제 뒤늦게나마 겨우 찾을 수 있게 된 안식의 시간을 나 또한 좀 편하고 멋지게 살았으면 싶고, 또 '이 나이에 굳이 학문 따위를 더 해서 무엇에 쓸까?'라는 회의감이 안 생기는 것도 아니다. 그러나 참 이상한 것은 나는 시간이 있어도 잘 놀 줄 모르고 돈이 있어도 잘 쓸 줄 모른다는 점이다. 비록 나뿐만이 아니라 우리 세대의 많은 이들이 아마 그럴 것이리라 싶다. 역시 고기도 먹어 본 사람이 잘 먹는다는 말처럼 돈 잘 쓰고 잘 노는 것도 예전부터 그래 본 사람이라야 능할 것이기 때문이다. 그래서 그런지 남들이 말하길 이제 그쯤 했으면 하는 이 나이까지 내가 일을 손에서 놓지 못하고 있을 뿐더러, 어쩌다 장기간 휴가가 생겨도 요즘 젊은 사람들처럼 용의주도하게 제대로 즐기지도 못하는 편이다. 그리고 또 돈의 주요 용처라고 해 봐야 기껏 지인들 만나 술 몇 잔 나누며 쓰는 정도가 고작이니 말해 무엇할까 싶다. 얼마 전부터는 도무지 이

래선 안 되겠다 싶어 잠깐씩 짬을 내서 홀로 차를 가지고 전국의 이름있는 명승 유적지를 두루 찾아다니기도 해 보았는데, 그마저 최근 코로나 사태로 꼬박 이태를 통 못 가 보았으니 역시 노는 것도 복이 있어야 하는 모양이다.

이처럼 잘 놀지도 못하고, 돈 하나도 제대로 잘 쓸 줄 모르는 내가 그나마 즐겁게 잘 할 수 있는 일이 있으니 책이나 보고 학습하는 것이 그중 하나다. 그리고 이런 면에서 보면 나도 나름 괜찮은 복을 타고났다 싶다. 글 중 이야기처럼 이 나이에 뭐든지 좀 내려놓고 살고 싶다는 생각을 전혀 안 하는 것도 아니나, 젊어서부터 줄곧 혼자서 공부하며 일해 온 나만의 독특한 이중적 관성모멘트가 나이 들어도 전혀 사라지지 않고 있기 때문이다. 그래서 요즘도 나는 거의 매일 책을 손에서 떼지 않고 살아가고 있다. 그중에서도 내가 가장 많은 관심을 가지고 섭렵하는 분야는 역시 이공계열 출신답게 자연과학 계통이 그 주류를 이루지만 나이 들어가면서는 인문, 사회과학 계열에도 꽤 열정을 쏟아 보고 있다. 그러나 그 가운데 나로서 가장 어려움을 느끼는 학문이 있으니 다름 아닌 서양철학 분야로 아직도 책을 들 때마다 매번 무거운 압박감에 시달리고 있는 건 어쩔 도리가 없다. 오래전 프랑스의 대학 입학 자격시험 격인 바칼로레아를 치르기 위해 그 나라 고등학생들이 배운다는 프랑스 고교철학 시리즈를 탐독하며 느꼈던 나의 무지에 따른 자괴감은 아직도 쉽게 지워지지 않는 나만의 흑역사로 남아 있다. 그리고 또 얼마 전에는 데카르트의 『성찰』을 읽으며 그만 책을 던져 버릴까 하다 겨우 참은 적도 있었다. 그 후 두 번이나 더 읽었으나 읽고 읽어도 모호하고 장황한 그의 글은 거꾸로 감히 그의 문장력을 의심케(?) 할 정도였다. 칸트의 『순수이성비판』 또한 여러 가지 보조 해설서를 동원해 우여곡절을 겪으며 거의 억지로 읽다시피 했지만, 이 또한 그 개념과 행간 파악의 난해함은 나를 적지 않게 실망시키기에 충분했다. 때론 터무니없이 역자의 서툰 번역을 탓해 보기도 하지만 역시 그 분야에서의 기본적 소양이 덜 갖춰진 내 탓이 가장 크다 할 것이니 포기보다는 오히려 더 진력할 일만 남았다 싶다.

현대인으로서 누구나 필수적으로 학습하는 외국어만 해도 그렇다. 합쳐서 세 시간은 좋이 넘는 출퇴근 시간을 차 안에서 마냥 공허하게 보내는 현실을 타개코자 낸 아이디어가 바로 신문에 나오는 외국어 강좌 스크랩을 오려서 학습하는 방법이었다. 영어를 기본으로 일본어 중국어를 잘라 각각 묶음으로 만들어서 장거리 출퇴근을 시작한 이후 근 십수 년을 그렇게 학습하다 보니 내방 한구석에는 그동안 쌓아 둔 스크랩 더미가 작은 산을 이루게 되었다. 나의 이런 별난 습관에 대해 그 나이에 뭐 그리

유난 떨고 다니냐는 달갑지 않은 눈총도 가끔 받곤 하지만 이건 내가 좋아서 하는 일이고, 더구나 타인에게 폐 끼치는 일도 아니니 남들이 뭐라든 크게 개의할 바는 아니다. 매일 꾸준히 머리를 쓰면 나이 듦에 따른 치매 위험도를 훨씬 줄일 수도 있다고 하니 이 또한 덤으로 얻을 수 있는 큰 이점이라 할 것이다.

근년 내가 속한 문인협회지에 게재된 작품의 하나인 「우리 딸들에게 보내는 손 편지」에서 시간을 하릴없이 허비하지 말라는 송나라 주자의 권학가를 내 기준에 맞게 살짝 비틀어서 아이들한테 소개하며 그들에게도 정진을 당부한 적이 있었다. 즉, 젊어서는 학문에 집중하고 시간을 헛되이 보내지 말아야 한다는 뜻의 "소년이노학난성(少年易老學難成) 일촌광음불가경(一寸光陰不可輕)"이란 경구를 내 나이 기준에 맞게 '소년이노'에서의 少를 中으로 바꿔서 "중년이로(中年易老) 학난성(學難成)"이라고 했던 것이다.

그러나 그 후 제법 더 세월을 흘려보낸 지금에 이르러 나는 다시 한번 그 글자를 바꿔 쓰기로 했다. 칠십객의 나이에 들어섰다고는 하나 체력 하나만은 어느 중년에 못지않다며 자부하고 살았던 나였지만, 제아무리 발버둥을 쳐 봐야 슬슬 바탕을 드러내는 체력과 얼굴에 나타나는 세월의 기록은 도무지 속일 수 없고, 이젠 도리없이 노약자의 대열에 들어섰음을 인정하지 않을 수 없게 되었기 때문이다. 그래서 먼젓번 문구를 다시 근사하게 내 나이 기준에 맞게 바꾸기로 했으니 그게 바로 "노년이사(老年易死) 학난성, 일촌광음불가경"이다. "노인은 쉽게 죽을 수 있고 학문은 이루기가 어려우니 찰나의 시간도 가볍게 여기지 말자!"라는 각오라 할 것이다.

비단 사람은 평생을 배우면서 살아가야 한다는 선인들 말씀이 아니어도 그 누구든 조금씩은 그런 생각은 지니고 있을 것이다. 단지 가혹한 생존경쟁 대열에서 버티며 살아야 하는 많은 이들에게는 그 실천이 큰 과제일 뿐이다. 그러구러 나이 들고 조금 살 만해지더라도 예전 열심히 일만 하던 열정이 뒤늦게 배움에의 열정으로 쉽사리 전환되지 않을 따름이다. 그러나 만시지탄 뒤늦게라도 혹시 배움에의 뜻이 있는 사람이 있다면 내가 소개했던 상기 새 경구를 새롭게 한 번 새겨봐 주었으면 하는 바람이다. 물론 나로서는 앞으로도 평생을 이 경구를 열심히 되새기며 살아갈 것이다. 그리고 그건 바로 비록 큰돈과 명예는 없을지언정 나란 인간의 최소한의 존엄성을 지켜 주는 강건한 보루가 될 것이기 때문이다. 나아가 진실로 생각건대 살진 돼지보다 야윈 소크라테스를 택하는 삶이 나로서는 더욱 가치 있다고 생각하기 때문이다.

2021년 여름 어느 날

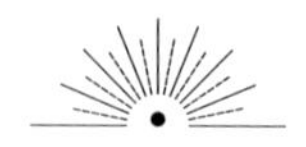

신이야 있건 없건

이 세상에 신이 존재하는가 아닌가를 두고 벌어지는 해묵은 논쟁은 나로선 자못 흥미로운 일이기도 하지만 최근 들어서는 조금 식상하기도 한 주제가 되어 가고 있다. 유신론자는 유신론자대로 또 무신론자는 무신론자대로 각기 그들의 주장이 타당하다고 말하지만 나 또한 내 나름의 이성적 주관은 지니고 있기

때문이다. 그리고 그런 나만의 주관이란 신이 존재하건 아니하건 내 신념대로 양심껏 살면 된다는 생각이다.

살아오며 나만큼 종교적 유전을 몇 차례나 겪어 본 사람도 별로 많지는 않을 것이리라 싶다. 어릴 적엔 외가댁 종 외할아버지께서 사찰을 경영했던 관계로 방학 때마다 절에 자주 드나들기도 했지만, 청소년기 후반에는 그와 달리 교회와 성당을 다니면서 주기도문도 열심히 외워 댔던 기억이다. 청년 시절 어디 자기소개서 등에서 본인의 종교를 기재하는 난에는 언제나 가톨릭이라고 썼고, 책상 위에는 오랫동안 성모상을 올려두었던 지난날의 잔상이다. 그러나 중년의 언제부터인가 그런 나의 종교관이 슬슬 도전받게 되었는데, 그 시기가 아마도 과학과 인문학을 비롯한 여타 다른 분야에 관한 관심이 더 커지며 서서히 내 인식의 지평이 넓어지기 시작하면서부터였다 싶다. 그리고 이러한 심적 변화는 신의 존재 양상에 대한 끊임없는 나의 자문자답으로 이어졌다.

우리가 사는 이 우주는 약 138억 년 전, 상상 불가의 초고밀도로 압축된 특이점이라는 한 점으로부터의 지극히 찰나적인 폭발에 의한 팽창, 소위 빅뱅으로부터 생겨나게 되었다는 것이 지금까지 밝혀진 과학계의 정설이다. 그런데 나로서는 여기에서 바로 신의 존재 양상에 대한 한 가지 질문을 던지지 않을 수 없게 되었다. 우주의 태생이 진정 그러하다면 당시 그 불가사의한 빅뱅의 순간 신은 과연 특이점 안에 존재했던 것이었을까? 아니면 그 바깥에 존재하고 있었던 것일까? 만약 신이 특이점 안에 있었더라면 신 또한 물리적 법칙의 지배를 받는 존재가 되고 말 것이고, 특이점 밖에 존재했더라면 우리 우주에 대한 그 신의 영향력이 제한을 받게 될 것이기 때문이다. 즉, 신이 특이점 안에 있었다면 그 신은 결국 과학이라는 테두리 안에서 한정된 권력을 행사할 수 있을 뿐이며, 만약 바깥에 있었더라면 호킹의 가설로 알려진 다중우주론에 근거해 추정해 볼 때 우리 우주 외에도 셀 수 없이 많을 다른 새로운 우주를 창조해 내고 소멸시키기에 바빠 가없이 많은 그 우주 군상 중 어느 특정 우주에, 더욱이 그중에서도 그저 티끌 하나 정도에 불과한 이 지구라는 행성에 지극한 관심을 둘 여유란 없을 것이기 때문이다. 무지의 소산이겠지만 지금까지 이러한 심각한 질문에 관해 그 어떤 전문가로부터도 시원하게 그 답을 들은 적이 없었던 나로서 그렇다는 이야기다.

파스칼은 천국이 있을지 없을지 그 확률을 반반씩으로 놓고 내기를 했다고 한다. 열심히 신을 믿었던 사람이 죽었을 경우, 만약 신이 존재하지 않는다면 생전 기도하느라 헛수고를 많이 했다는 제한적 손실을 보게 되는 반면, 만약 신이 존재한다면 신앙을 갖지 않았던 사람이 이후 겪게 될 시련이 무한대이므로 신을 믿는 편이 현명하다고 했다. 신의 존재를 그저 확률 게임으로 본 그의 논리가 어지간히 가관이다 싶을 뿐이다.

한편 아인슈타인은 불후의 상대성 이론으로 유명인이 된 후 많은 사람들로부터 신의 존재에 대한 견해를 묻는 끊임없는 질문에 시달렸다고 한다. 그럴 때 아인슈타인은 거꾸로 그들에게 "그 신이란 어떤 신을 말하는 것입니까?"라고 되물었다고 한다. 인류 역사상 뉴턴 이후 가장 위대한 과학자로 평가되는 그가 생각했던 신은 사람의 죄를 참작해 벌을 주고 안 주는 인격신이 아니라 바로 철학자 스피노자가 말한 우주 속에 내재 된 질서를 말하는 자연신 사상이었다고 한다. 글 중에서 언급한 바와 같이 만약 신이 빅뱅의 순간 우주 바깥에 존재하였고, 또 그 신이 감당해야 할 영역이 무한하다면 제아무리 신일지언정 무량대수(無量大數)의 인간 하나하나 그리고 또 달리 있을 무량대수의 외계인 하나하나를 벌주고 상주는 일은 그저 시간 낭비에 불과할 뿐일 것이다. 아마 그러한 신은 그저 이 우주를 창조하고 난 뒤 다른 먼 곳에 또 다른 무한한 과업을 위해 떠났고 그래서 그 신이나 그 신이 창조한 이 우주는 인간의 삶에 그저 무관심할 뿐일 것이다.

물론 종교 자체의 근본정신을 숭상하는 사람들이 그들의 양심과 신조에 따라 믿는 각각의 종교를 존중해 줄지언정 폄하할 필요도 없지만 그렇다고 무조건 동조하기도 힘들다는 것이 나의 소견이다. 역사상 유럽과 서아시아 등지에서 벌어진 각가지 참혹했던 종교 전쟁과 더불어 아직도 도처에서 여전히 지속되고 있는 뿌리 깊은 종교 간 배타주의에 따른 갈등과 투쟁을 보면서 더욱더 그런 생각이 깊어지게 되는 것이다.

인간으로 태어나 크든 작든 과오를 범하지 않은 사람이 어디 있을까? 이 세상천지에서 하늘을 우러러 한 점 부끄럼 없이 산 사람이 정녕 있을까? 또 살아가며 기독교에서의 십계명이나 불교 교리상 오계를 한 번이라도 범하지 않은 자가 정말 있을까? 그저 상상에 맡길 뿐이다. 그러나 나는 종교란 그 근원과 태생적 본질보다는 그 목적에 더 큰 의의가 있다고 믿는 사람이다. 야생동물이 아닌 이성적 인간으로 태어나 살아가며 몹쓸 죄짓지 않고 평생 선하게 살다 가도록 바르게 인도하는 등불이 바로 종교라는 생각이다. 그러나 냉정하게 생각해 보면 굳이 종교를 믿지 않아도 평생 선하게 살아갈 수는 얼마든지 있는 일이다. 여기서 평소 진화론을 지지하지만, 동시에 스피노자의 자연신 사상을 존중하는 나 역시 절대적 무신론자는 아니라는 생각이다. 그러나 누가 종교를 믿든 안 믿든, 유일신이랑 다른 신이야 있건 없건 개의치 않고 앞으로도 나는 내 방식대로의 신을 생각하며 살아갈 것이다. 살아가며 더 이상 절대 남들에게 해코지하지 않고 피해 주지 않으며 인간을 비롯한 모든 생명체를 함부로 대하지 않을 것이며 이 대자연에 대한 존중과 경외심을 죽을 때까지 깊이 간직하며 살아갈 것이리라.

2022년 5월 어느 날

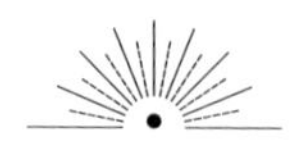

나를 위한 그랜드 디자인

코로나 역병이 온 세상을 만신창으로 만들며 휩쓸고 다니는 요즘은 휴일에도 할 일이 마땅찮다. 그래서 친인척이나 친구조차 쉬 마음 놓고 만날 수도 없는 이 지경에 그나마 유용한 일이 하나 있으니 그저 그동안 못다 읽었던 책이나 실컷 읽고 그러다 싫증 나면 음악이라도 들으며 시간을 보내는 것이다.

주말을 낀 긴 설날 연휴를 기해 그냥 읽기에는 무척 난해한 책 두 권을 다 읽어냈다. 다름 아닌 스티븐 호킹의 저서인 『시간의 역사』 그리고 『그랜드 디자인(Grand Design)』이라는 과학 서적이었다. 그중 『시간의 역사』는 근 30여 년 전 처음으로 읽은 후 이번이 세 번째였고 『그랜드 디자인』은 몇 해 전에 사서 읽은 후 두 번째로 읽었다.

이렇듯 약간의 고단한 책 읽기를 끝낸 후 남은 연휴 이틀 동안은 부담 없이 음악 듣기를 하며 소일했는데 그중 사이먼 & 가펑클이 부른 팝송 "침묵의 소리(sound of silence)"를 인터넷에서 제대로 배워 보았다. 예전에는 그저 먼발치로 들으면서 참 감미로운 노래라는 생각은 하고 있었지만, 막상 이 노래를 배우며 또 새롭게 알게 된 사실이 노래의 가사에서 풍기는 표현이 말할 수 없이 아름답고 감미로웠다는 것이다. 한국어로 번역해 봐도 느낄 수 있지만 원문 그 자체의 느낌으로도 처음부터 끝까지 줄곧 시적 표현으로 이루어지고 있는데 과문의 소치인지는 모르나 나는 지금껏 노랫말에서 이렇게 아름다운 시적 감흥을 느낀 적은 별로 없었던 것 같다. 물론 "스카보로우 페어"나 "엘콘도 파사"처럼 사이먼 & 가펑클이 부른 노래는 그런 부류의 곡들이 많기는 하지만 이 노래의 표현은 더욱더 시적인 것 같아 참 잘 배웠다 싶다.

지금껏 내가 항상 지니어 왔던 내 노년의 이상 상(像)은 죽을 때까지 일하고 공부하고 글 쓰다 가는 것이었다. 그런데 방금 언급한 연초 있었던 일련의 과정에서 나는 내 은퇴 후의 삶을 보다 더 풍족하게 해줄 새로운 목표를 두 개나 더 설정하게 되었는데, 그중 하나가 지금이라도 은퇴하면 나는 다시 대학에 가야겠다는 것과 또 하나 아름다운 음악을 좀 더 가까이하는 삶을 살아야겠다는 것이었다. 그리고 이로써 나 자신만의 그랜드 디자인을 어설프게나마 만들어 보았다.

먼저 워낙 유명한 책이긴 하지만 사실 호킹의 책은 그냥 혼자 읽어나가기에 그리 쉽지만은 않은 책이다. 그래서 이번에도 내 얕은 물리학적 지식의 배경으로는 심히 감당하기 어려운 좌절감을 군데군데 느껴가며 겨우 읽어내렸을 뿐이다. 이토록 이해할 수 없는 난감한 문제를 배우고 토론할 수 있는 좋은 스승이나 친구가 있었다면 얼마나 좋을까 하는 생각이 굴뚝같았던 순간 문득 언제 다시 학교를 찾았으면 하는 간절함이 생겼다. 사실 은퇴하면 학교에 다시 갔으면 하는 생각은 오래전 젊었을 때부터 지니고 있던 나의 소망이었다. 당시 생각엔 노후에는 철학이나 종교 같은 학문을 해 보리라 했지만 이제 와선 약간 그 방향이 바뀌었을 뿐이다. 그리고 그것은 두 갈래 학문의 우열에 따른 선택이 아닌 나의 관심사에 따른 선택이라고 할 것이다.

이어서 또 다른 하나의 추가 목표로 택한 음악이란 사실은 별로 생소할 것도 없는 분야이다. 인간이란 태생적으로 소리치며 태어나고, 읊조리며 죽는 존재임에랴! 칠십 평생 숨 가쁘게 살아오다 바야흐로 인생 항로의 종착점으로 바삐 다가가고 있는 나에게 음악 또한 그 오랜 세월의 노고를 달래주는 하나의 선물이 될 것이다 싶다. 대학 시절 커다란 통기타로 음계만을 겨우 짚어나가는 신통찮은 반주로 당시 유행하던 노래를 친구들과 함께 불러 보곤 했던 부끄러운 내 실력이다. 그 어쭙잖은 실력을 이참에 제대로 업그레이드시켜 내가 그리도 좋아했던 예전 70년대의 아름답고 애잔한 포크송이나 발라드곡들을 목청 높여 맘껏 불러 봤으면 싶다.

최근 주위에서 직장을 은퇴하여 하릴없이 시간을 보내고 있는 사람들이 자꾸만 늘어가고 있다. 열심히 일하며 살아갈 때는 매일같이 시간이 모자라 애를 먹었지만 이젠 남아나는 시간을 때우는 일이 더 큰 고민거리라고 하소연한다. 해가 바뀌며 전직 회사의 임원직에서 물러나는 친한 지인에게 위로의 말을 던졌다. 그런데 그런 나의 염려에 선뜻 “나도 이제 70이 넘었어요~”라며 오히려 나를 안심 시키려는 듯하던 그의 대답이 아릿한 여운으로 다가옴은 왜일까? 다가올 미답의 세상은 생각하기에 따라서 남은 생을 멋지게 보낼 수 있는 대단히 유용하고 소중한 시공간이 될 수도 있지만, 반면 아득하고 공허한 무(無)의 세상이 될 수도 있을 것이기 때문이다.

스티븐 호킹은 그의 저서에서 이 거대한 우주의 양상에 대한 그랜드 디자인을 논했다. 물론 이 광대무변의 우주에 비하면 우리 인간은 보이지도 않는 티끌보다 못한 존재들이다. 그러나 인간이 존재함에 따라 우주 존재의 당위성과 필연성이 고찰되는 인간 원리에 따르면 우리 또한 하나하나가 소중한 실체들이다. 고로 이 세상에 태어난 이상 내 인생도 소중한 것이고, 그래서 이 주어진 인생을 아주 값지게 살다 갈 필요가 있는 바, 그에 상당한 개인별 그랜드 디자인도 따라서 필요한 것이라는 나의 생각이다.

또 그러한 개인별 그랜드 디자인에 근거 해 나이 듦에 상관없이 자신의 이상에 따른 자신감과 열정 그리고 희망으로 충만된 삶을 살아간다면 나 역시 앞으로 나의 생이 다하는 날까지 아름다운 삶을 유지해 나갈 수 있을 것이다. 이 글의 조금 뒤에 나올 글제인 "나는 행복한가?"에서 여러 가지 이유를 대며 나는 진정 행복하다고 말했지만, 오늘 이 글을 쓰며 나는 또 한 번 더 내 인생이 참으로 행복하다는 것을 실감하게 된다. 글 중간에서도 언급한 대로 죽을 때까지 일해가며, 좋은 벗들과 어울려 공부하며 또 글도 쓰다가 덤으로 시간 나면 아름다운 음악까지 곁

들여 살 수 있다면 나는 더더욱 행복하다고 자부할 수 있을 것이기 때문이다.

2022년 2월 설날 연휴를 보내며

교훈(敎訓)의 생명력

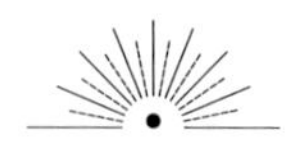

교훈(敎訓)의 생명력

고전(古傳)이나 선인들의 말씀에서 우리는 다양한 삶의 가치 기준을 접하게 된다. 그리고 때로는 가까이 계시는 어른들의 체험에서 우러나온 말씀 등을 통해서도 큰 교훈(敎訓)을 얻게 되는데 나는 전자의 선인들 말씀보다 후자의 경우가 오히려 직관적이기 때문에 평범한 우리에게 더 큰 자각을 줄 수가 있다고 본

다. 또 그런 어른들의 말씀 중에서도 특히 어렸을 때 들었던 그것들이 더 깊은 자각을 주고 더 오래 기억되는 건 지극히 당연한 현상이다 싶다.

나 또한 오래전에 새겨들었던 교훈 중에서 특히 평생 잊을 수 없는 것 3가지가 있는데 그 첫째는 우리 아버지로부터 그다음은 우리 어머니 외가댁 한 어른으로부터, 그리고 마지막으로는 내가 다니던 중학교의 학교 교훈(校訓)으로부터 얻은 것이었다.

초등학교 저학년 시절 초여름 강변을 날아다니던 작은 잠자리를 잡아 막 손에 들고 있을 때였다. 아버님이 보시더니 좋은 말로 타이르시길 아직 어린 새끼 같으니 그냥 살게 날려 보내고 나중에 다 큰 놈을 잡으면 되지 않으냐고 하셨다. 그때 우리 또래들은 잠자리를 잡으면 막대기 끝에 길게 실을 달고 그 다리를 묶어서 놀이 삼아 흔들고 다녔는데, 그 가녀린 생명체들은 우리들의 그런 악의 없는 학대에 결국 하루도 못 가 비실거리며 모두 죽곤 했다. 그런 광경을 자주 보신 아버지께서 비록 하잘것없는 잠자리 한 마리일지언정 함부로 죽여서는 안 된다고 말씀하셨고, 그래서 나는 무척 아쉬워하면서도 그 잠자리를 날려 보내 주었던 기억이다. 그때 우리 아버지께서는 그런 식으로 나에게 생명의 소중함과 고귀함을 일깨워주셨던 것 같고, 그 영향 때문인지는 모르지만 이후 나는 아무리 작은 미물이라도 나한테 직접적인 해가 되지 않는 생명체를 이유 없이 함부로 죽이는 일은 최대한 삼가고 있다.

이어서 나에게 크나큰 교훈을 주신 분은 나의 소싯적부터 지극한 관심과 사랑을 베풀어 주신 어르신(지금의 동서식품 김재명 명예회장님)이시다. 일제 시절 소학을 마치신 후 평생을 오직 성실과 정직함만으로 온갖 역경을 겪으며 자수성가하신 입지전적인 분이시다. 아주 젊은 시절부터 삼성그룹 고 이병철 선대 회장을 도와 만 40년을 봉직하셨는데, 그 선대 회장께서 그분을 얼마나 신임하고 아끼셨는지는 선대 회장의 자서전인 호암자전을 읽어보면 능히 가늠할 수 있고, 나 또한 지금껏 내가 세상에서 가장 존경하는 인물 중 한 분으로 여기고 있는 어른이시다. 그러한 분으로부터 얻은 내 일생의 교훈은 그분께서 당시 소년가장으로 가계를 꾸려가던 나를 어느 회사에 취직시켜 주시며 해 주셨던 말씀에서 비롯된다.

당시의 시대적 여건상 마땅한 일자리를 찾기가 세상없이 어려웠던 시절이었지만 그분의 특별 배려로 일자리를 구할 수 있게 된 어느 날이었다. 그리고 그날 앞으로 일하게 될 그 회사의 엄숙했던 사무실 분위기 속에서 나를 불러 앉히고 해 주신 그분의 말씀이란 "너는 네 집안에서는 가장 귀한 자식이고 또 그렇게 대접을 받을 것이다. 그러나 다른 사람들이 많이 모이게 되면 그 하나하나의 사람들이 모두 다 제 집안에서는 가장 귀한 사람들인지라, 그 귀한 사람들 중에서는 네가 가장 못하다 ~ 생각하고 항상 자신을 낮추며 살아야 한다"는 것이었다. 사실 내가 그분 말씀을 처음 접했을 때만 해도 그저 어른들이 의례상 하시는 말씀이라고 생각하며 큰 감흥 없이 지나갔었다. 그러나 이후 꽤나 지난한 청년기를 보내며, 그리고 세월이 낙엽처럼 쌓여가면서 그때의 그 말씀은 결코 거역할 수 없는 힘으로 나를 견인해 주었다. 애당초 나의 근본 자체가 크게 내세울 것이 없었던 탓도 있지만, 나의 생활이 제법 수준에 다다른 이후에도 그분의 말씀은 평생을 일관되게 나 자신을 낮추며 살아갈 수 있게 고무하는 큰 교훈으로 자리매김하게 되었던 것이다.

그리고 마지막으로 나의 인생 행로에 아주 심대한 영향을 미친 금언(金言)이 바로 지난 시절 내가 조금 다니다 중퇴하고 만 부산 개성중학교의 학교 교훈(校訓) 중 하나로 "배우기 전에 먼저 사람이 돼라."라는 것이었다. 그 학교 교훈이 세 가지였던 것으로 기억이 되는데 다른 두 가지는 전혀 기억에 없어도 이것 하나만큼은 평생 잊지 않고 일관되게 내가 기억하게 된 것은 그만큼 그 교훈이 나에게 던지는 메시지가 강했기 때문이었다. 그래서 내가 나이가 들어도 그리고 어디서 무슨 일을 하든지 간에 항상 나를 따라다니며 내 처신의 실속(失速)에 대한 큰 경고음을 울려주곤 했다. 그런데 사실 이 마지막 교훈은 우리가 살아가는 지금 이 시대의 다른 많은 이들에게도 더욱 필요한 금언이 아닐까 싶다. 제 딴에는 배웠다는 사람들이 이렇게나 많은 세상에 그 됨됨이나 하는 행동을 보면 전혀 사람답지 않은 자들이 너무 많은 시절이어서다. 특히 그중에서도 그 배움을 배경으로 큰 출세를 하여 정작 이 나라 지도층의 인사로 행세하는 수많은 이들 중에서 정녕 사람 같지 않은 자들이 그 얼마나 많은가를 눈여겨보면 더욱 그렇다는 판단이다.

내가 이상의 세 가지 교훈들을 접한 이후 어언 60여 년이란 긴 세월이 흘렀다. 그리고 나는 지금도 그 어린 시절에 평생을 두고 간직할 가치가 있는 그런 소중한 교훈을 접하게 된 행운에 대한 무한한 고마움을 마음속 깊이 간직하고 살아가고 있다. 그 교훈들이 있었기에 지금껏 살아오며 나보다 힘이 약한 사람들에게 미력이나마 동정할 수 있었고, 뭇사람들 앞에서 조금이라도 겸손하기 위해 최소한의 노력이라도 했고, 그래서 타인들과의 큰 마찰 없이 지독하게 힘들고 고통스럽던 시절을 슬기롭게 헤쳐 나갈 수도 있었다. 더욱이 사람이기 때문에 해서는 안 되는 일은 설사 손해를 보더라도 하지 말아야 한다는 절제심도 지닐 수가 있게 되었다. 그리고 그 후 까마득한 세월이 흐른 지금 나는 바야흐로 당시 새겨들은 이 끈질긴 생명력을 지닌 세 가지 교훈을 우리 자손들에게 전달하는 작업을 내 생애 남은 큰 소임의 하나로 생각하고 살아가고 있을 뿐이다. 하긴 앞으로 이런 유의 교훈조차 아예 필요 없는 아름다운 세상이 된다면야 더 이상 바랄 바가 없는 일이지만….

2020년 10월 어느 날

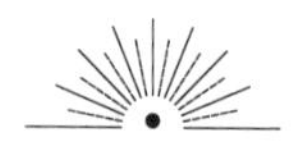

외할아버지의 눈물

여자의 최대 무기가 눈물이라는 말이 있다.

주로 불편한 남녀 사이에서 흘리는 여성의 눈물을 빗대서 표현한 말이겠지만 어찌 그것이 여성만의 전유물일 수 있으랴? 남자라고 어찌 울고 싶은 감정이 없을 소인가?

남자나 여자나 눈물이 너무 빈번하면 경박스럽다는 평을 듣기가 십상이다. 그러나 적절한 눈물은 그것이 또한 대단한 힘을 발휘한다. 총부리를 앞세운 납치범 앞에서 자수를 권하며 흘리는 범인 어머니의 간절한 눈물 같은 것은 그 힘의 크기를 가늠하기가 쉽지 않다. 그런 면에서 내가 어렸을 때 보았던 우리 외할아버지의 눈물 또한 나에게는 크나큰 감동과 함께 모진 세파를 극복할 수 있는 결정적 힘이 되어 준 것이었다.

나이 열여섯 살 즈음에, 아버지를 일찍 여위고, 몸이 편찮은 어머니 그리고 어린 여동생과 부산에서 살던 나는 당시 내 입 하나라도 덜었으면 하는 어머님의 말씀으로 외가댁을 찾은 적이 있었다. 시골 외할아버지댁 농사라도 돕든가 그도 저도 아니면 어디 다른 친척 집 일이라도 할 수 있을까 해서였다. 말이 친척 집 일이지, 쉽게 말하면 그냥 머슴살이라고 해야 할 것이었다.

볕살이 한창 따갑기만 하던 초여름 어느 날 오후, 콧등에 송알송알 맺힌 땀방울을 닦아 가며 걱정스런 마음을 억제하지 못한 채 외할아버지 댁을 찾아갔다. 사실 그 이전까지만 해도 나의 외갓집 행은 그지없는 바람과 설렘의 길이었다. 너무나 재미있는 일들이 벌어질 것이라는 희망이 있었기 때문이다.

초등학교 때는 방학 때마다 외가에 갔었는데 시외버스를 타는 순간부터 앞으로 닥쳐올 재미있는 일들에 대한 기대로 그 자주 하던 차멀미도 잊을 정도로 고무되곤 했었다. 여름 한낮에는 내 나이 또래의 외숙들과 함께 발가벗고 개울에서 멱 감고 고기잡이하고, 소 꼬랑지로 매듭을 만들어 매미도 잡고, 논두렁을 헤집으며 메뚜기를 잡아 강아지풀로 목덜미를 줄줄이 꿰어 다니다 모닥불로 구워 먹기도 했다. 그러다 지치면 외할아버지 원두막에 가서 생채기가 생겨 팔 수 없는 수박, 참외 등을 실컷 얻어먹고 그곳에서 낮잠을 청하곤 했었다. 낮에는 그렇게 실컷 놀다 밤이 되면 잡풀을 살라 모깃불을 피워놓고 잘 삶은 옥수수를 자근자근 뜯어 먹다가 멍석 위나 대청마루에 아무렇게나 퍼드러져 달콤한 밤잠을 잤다. 이러한 재미에 시골 갈 때 잔뜩 싸들고 간 방학 숙제 같은 건 아예 쳐다볼 겨를도 없었으니 예나 지금이나 아이들의 마음은 하나 다름이 없다 싶다. 겨울철에는 여름처럼 놀이가 다양하지는 않았지만 그래도 꽁꽁 언 논바닥에서 나무로 만든 앉은뱅이 스케이트를 타고 노는 즐거움이 참 쏠쏠했다. 춘궁기를 대비해 곡식을 아끼느라 끼니마다 시래기밥이나 고구마밥으로 대신했지만, 그것도 그저 다디달게 먹었고, 아침저녁으로 외할머니께 부탁하여 부엌 아궁이에 넣어 두었던 샛노랗게 잘 익은 고구마를 끄집어내 먹을 때의 그 달짝지근한 감칠맛을 지금 어디에다 비할까?

이렇듯 외할아버지댁은 도시에서만 살았던 나에게 시골의 모든 정서를 다 심어 주었던 곳이었지만 막상 세월이 지나 시골 일이라도 해 볼 양으로 찾았던 당시 나의 외갓집 행은 천근만근 무거운 마음의 고달픈 여행길이었다.

외할아버지께서는 내가 도착하니 마침 밭일을 나가 댁에는 계시지 않았다. 마냥 기다릴 수만은 없어 할아버지를 뵈러 마을에서 한참이나 떨어진 개울가의 밭으로 찾아가니 그분은 미리 나의 어머니로부터 편지를 받고 내가 올 줄 알고 계셨다는 듯 "그래, 철이 왔나?" 하시고는 나더러 뚝방에 앉아 좀 쉬고 있으라고 했다.

權자 載자 斗자의 함자로 불리었던 우리 외할아버지는 소싯적 공부도 많이 하셨다고 했다. 머리가 비상해서 예닐곱 살 때쯤 벌써 천자를 떼었다고 동네방네 소문이 자자했다고 한다. 안동사범학교인가에 합격하고서도 가정 형편 때문에 결국 학업을 계속하지 못하셨다고 했다. 그 후 일본으로 건너가 돈도 많이 벌고 하셨는데 해방되자마자 그곳 재산을 전부 처분하고는 서둘러 귀국하여 지금의 창원 북면에 터를 잡으셨다.

그러나 귀국 후 벌인 여러 가지 사업에 많은 실패를 거듭하셨고 내가 찾아간 그 당시도 면 내 제방 공사를 마친 후 공사대금을 한 푼도 받지 못한 상태인데다, 마지막 배상 청구 재판마저 진행이 지지부진하여 그 어려움이 말할 수 없을 지경이었던 때였다. 당신 자신마저 그러한 어려운 환경에 처해 있었던 시기에 당신의 맏딸인 나의 어머니마저 기구한 운명과 함께 병마와 싸우고 있고, 귀하게 생각했던 외손자 하나마저 그렇게 머슴살이나마 하겠다고 찾아갔으니 그때 외할아버지의 마음이 얼마나 아팠을까 하고 생각해 본다.

나더러 잠깐 쉬라고 하신 외할아버지께서는 한참 후에야 일하던 손을 멈추고 심호흡과 함께 담뱃대를 입에 갖다 대며 나를 부르셨다. 나는 조용히 그분의 옆에 가 앉았다. 무척 자상하시지만, 평소 별로 말이 없고 엄격하셨던 외할아버지 바로 옆자리에 앉는다는 것은 꽤나 조심스러운 일이었다.

외할아버지께서 "언제 왔더노?", "밥은 묵었나?" 하고 물으셨고 그때 나도 몇 마디 대답을 한 것 같다. 그리고는 한참 동안 말이 없으셨다. 우리 사이에는 제법 오랫동안 침묵이 흘렀다. 사방은 괴괴하고 이따금 바람에 흩날리는 철 이른 낙엽 소리와 졸졸거리는 물소리만 그 침묵을 지켜 주고 있었다. 밀짚모자 대신 낡은 중절모를 쓰신 외할아버지가 그 어느 때보다 쓸쓸해 보인다는 생각을 했다. 그러면서 힐끗 그분의 옆얼굴을 훔쳤던 나는 그만 차마 보아서는 안 될 것을 보고 말았다. 나에게 당신의 얼굴을 보여 주지 않으려고, 먼 방향으로 고개를 돌리시던 그분의 눈 밑으로 흥건히 고여 있던, 햇빛으로 반사되어 반짝이던 그것은 분명 우리 외할아버지의 눈물이었던 것이다.

그때까지만 해도 나는 할아버지와 같은 나이 많은 분들도 눈물을 흘릴 수 있는지 잘 몰랐다. 그러나 그때 나의 외할아버지는 나이 어린 외손자를 옆에 두고 분명 눈물을 흘리셨다. 그리고 잠시 후 그분은 천천히 일어서며 나더러 이제 그만 가자고 하셨고, 나는 무거운 마음으로 따라 일어났다.

그 후 세월은 흘러 이제 나도 어언 당시 외할아버지 나이에 점점 가까워져 간다. 그런데 이 나이에 나도 가끔 눈시울이 붉어지는 것을 경험한다. 울컥 눈물이 앞을 가릴 때도 있다. 이 글을 쓰면서 그 옛날 외할아버지의 눈물이 유리알처럼 생각나고 그래서 나는 또 한 번 눈시울이 뜨거워짐을 어쩔 수가 없었다. 눈물은 그것을 흘림으로써 그때까지 쌓였던 갖가지 고통, 근심 걱정과 시름을 다소나마 덜어주는 카타르시스의 의미도 있다. 눈물을 흘릴 줄 모르는 사람은 정말 불행한 사람이다.

지금 나는 당시 우리 외할아버지께서 흘리신 그 눈물의 의미를 곰곰이 생각해 본다. 그것은 아마도 그분 맏딸인 우리 어머니의 불행에 대한 책임이 온통 양반의 체통이란 명분으로 억지 혼례를 시킨 당신 자신한테 있었다는 회의와 함께, 하나 있는 큰 외손자 놈의 순탄치 못한 장래를 지극히 염려한 애련의 눈물이 아니었을까 싶다. 또 그분은 그렇게나마 눈물을 흘리시면서 잠시나마 천 갈래, 만 갈래 찢어지는 마음을 진정시키고, 분노와 회한에 찬 그 어려운 시기를 용케도 혼절하지 않고 버텨내셨던 것은 아니었을지 모르겠다.

세월은 가고 당시 신병으로 고생하던 내 어머니는 진작 세상을 떠나셨고 그 얼마 후 외할아버지께서도 세상을 하직하셨다. 그러나 당시 나의 외할아버지가 흘리셨던 그 눈물의 축축한 잔영은 그 후에도 끝까지 나를 따라다니며 격려해 주고 채찍질해 주었다. 쉴 새 없이 닥쳐오는 생의 고난이 나를 좌초시키려고 험난한 파도를 몰아 올 때 나는 예전 외할아버지의 눈물을 생각하고 이를 악물며 버텨나갔다.

나의 장래에 대한 그분의 걱정을 한갓 기우로 만들어야 한다는 오기와 용기를 나에게 부여해 준 그분의 눈물은 그냥 눈물로서 끝난 것이 아닌 무지무지 강인한 힘을 가진 것이었다. 지하에 계신 그분은 당신께서 그때 흘리신 그 눈물의 힘이 그다지도 큰 것이었던지 알고나 계실지 모르겠다.

1993년 등단작품(문예한국)

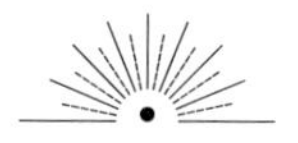

그나마 다행이었던 이별

만약 내가 어느 지인에게 그와 나 단둘만이 아는 빚을 진 것이 있는데 정작 그가 먼저 저세상으로 가 버린다면 어떻게 될까? 그 반대로 내가 받을 돈이 있는데 그 상대가 먼저 이 세상

을 떠난다면 또 어떨까? 단순한 산술적 계산에 따르면 전자는 갚을 돈을 안 줘도 되니 내게 이득인 셈이고, 후자는 응당 받을 것을 못 받게 되니 나에겐 손실이 될 것이다.

그러나 이러한 경우에 대한 나의 관념은 비교적 단순하다. 제대로 된 실행 여부를 떠나 내가 빌린 돈은 비록 그 사실을 모르고 있는 상대 가족들에게라도 갚는 것이 옳고, 반대로 못 받은 것은 그냥 포기하고 말아야 한다는 생각이다. 전자는 내 양심상의 문제이고, 후자는 내 팔자소관으로 보자는 생각 때문이다.

세칭 우한 폐렴이라는 코로나19 사태가 본격적 궤도에 오르기 시작한 어느 날 조문을 간 일이 있었다. 전혀 예상치 못한 부음이었지만, 하필 이런 시기에 하면서도 망자와의 인연을 생각하면 안 가 볼 수도 없는 처지의 나였기에 당해 장례식장을 찾았다. 그러나 코로나에 대한 공포 때문인지, 그것도 아니면 아직 오전 이른 시간이라 그랬던지 모를 일이었지만, 식장을 찾은 조객이라곤 하나 없고 망자의 출가 전인 두 딸과 그 망자의 백씨 되는 분 셋이서 외롭게 빈소를 지키고 있었다. 그리고 들으니 망자가 목디스크 수술을 받고 난 뒤 깨어나지 못했다고 했다. 수술실에 사실을 확인할 만한 여하한 촬영 근거조차 찾을 수 없는 병원이었다는데 듣고 보니 참으로 어이없는 의료사고였다. 그러나 그 어떤 일 하나 도와줄 수 없는 나로서는 오직 그렇게 허무하게 떠난 망자의 명복을 빌어주고는 차분히 음료수 한 잔 마실 여유도 없이 거의 선 자리에서 나오고 말았다.

내가 그날 굳이 그 자리를 찾았던 것은 망자와의 유감스러운 인연 때문이었다.

그(Y)는 내가 오래전 직장을 그만두고 첫 사업을 시작하며 고용했던 사람이었다. 그 또한 타의로 다니던 회사를 물러난 처지에다 나도 그의 능력이 필요할 것 같아 선택한 것이었는데, 그러나 사업 초창기 거창한 의욕과는 달리 일이 잘 풀리지 않았던 것이 문제였다. 거기에다 사람만 착했지 정작 업무상 필요한 대인관계 등 뭔가 많이 부족하다는 나의 선입견도 작용하여 그를 결국 그만두게 했던 것이다. 그러나 그런 식으로 석연찮게 그를 내보낸 이후 나는 끊임없는 자책감에 시달렸는데 그 가장 큰 이유 중 하나가 그가 근무 기간 일 년을 모두 채우지 않았다는 구실로 퇴직금조차 주지 않고 그냥 내보냈던 것 때문이었다. 더구나 그 얼마 후 그의 아내가 젊은 나이에 와병으로 요절했다는 소식을 접하고 상가를 방문했다가 그동안 부부 둘이서 먹고 살기 위해 방앗간 경영 등 안 해 본 것이 없었다는 그의 말을 접한 것이 나를 더욱 가슴 아프게 했다.

그랬던 그와 참 오랫동안의 소식 단절 끝에 다시 만나게 된 것이 바로 지지난해의 일이었다. 상당 기간 사업의 부침을 겪던 내가 겨우 조금 안정을 찾기 시작한 뒤에야 온갖 곳에 수소문하여 근 20여 년 만에 가까스로 만날 수 있게 되었던 것이었다. 늦더위가 한창이던 그해 가을, 주머니에는 예전 내가 어리석은 이유를 들이대며 지급하지 않았던 당시의 퇴직금에 준하는 금액에 조금 더 보탠 현금을 들고서…. 그리고 그에게 말했다. 부디 지난날의 내 어리석음과 실책을 용서해 달라고…. 그런데 참으로 고마운 일은 나의 그런 고백을 그가 흔쾌히 수용해 주었다는 것이다. 그러면서 화해의 술도 나누고 또 앞으로 종종 연락도 하자면서 헤어졌고, 그 후 무슨 일로선가 두어 번 통화까지 했던 그였다. 그러나 그토록 둘만의 아름다운 화해를 이루고 난 뒤 불과 일 년을 조금 더 넘긴 날 이렇듯 그의 부음을 듣게 될 줄이라 어찌 꿈에라도 상상할 수 있었을까? 얄궂게 시작한 우리들의 인연은 그 마무리조차 어찌 그리 얄궂게 끝나버리는지 참 알다가도 모를 일이었다.

그리고 그처럼 허무하게 우리 둘의 인연의 사슬이 끊어지고 말았던 그날 망자를 대하는 나의 심정은 복잡다단했다. 그의 명복을 빌고 좋은 곳에 가며 쓰라고 나름 두둑한 노잣돈도 올려놓고 난 뒤 스스로 생각했다. 내가 만약 지지난해 그에게 진 빚을 갚지 않고 오늘 이런 일을 당했더라면 도대체 어찌 되었을 것인가? 또 정말 그랬을 경우 서두에서 이야기했듯 설사 망자의 가족들에게 빚을 갚게 된다 한들 정작 망자 본인에게는 내 평생 얼마나 더 큰 죄책감과 심적 부담을 지니고 살아가게 되었을까 하고 말이다. 지지난해 오래 묵혀왔던 그에 대한 나의 부채탕감과 함께 과거의 내 허물에 대한 그의 아량 어린 포용으로 인해 그와 나는 이렇게나마 유감없는 이별을 고할 수 있게 되었으니 이건 정녕 얼마나 다행스러운 이별일까도 싶었다. 나 또한 앞으로 얼마나 더 살지는 모르지만, 인간이 지닐 수 있는 최소한의 양심만은 반드시 지켜가며 살아야 한다는 교훈을 그날 Y의 일로 인해 재삼 되새길 수 있는 계기를 갖게 되었으니, 그건 아마 그가 나에게 마지막으로 남기고 간 선물이 아니었을까도 싶었다.

2020년 2월 마지막 날

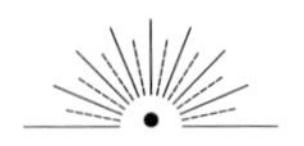

내 손가락이 나에게 준 교훈

살아오며 나는 너무 작은 꿈만 꾸었던 건 아니었을까 가끔 후회할 때가 있었다.

'내가 만약 보다 젊었을 때 훨씬 더 큰 꿈을 가지고 온갖 정열을 쏟아 최선을 다했더라면 지금 나의 위상이 얼마나 달라져 있을까?'라는 회의감 때문이라 할 것이다. 그런데 그랬던 내가 최근 들어 예전과 달리 '과연 꿈은 꼭 커야만 할까?'라는 의문을 새삼 품게 되었으니, 조석으로 변한다는 인간 심리의 한 단면을 그대로 보여 주는 것 같아 어찌 살짝 계면쩍어지기도 한다.

아닌 게 아니라 내가 어렸을 때의 꿈은 정말로 대단히 소박한 것이었다. 초등학교 때 가끔 선생님이나 어른들로부터 "넌 커서 뭐가 되고 싶니?"라는 질문을 받으면 기껏 한다는 대답이 선생님이나 기술자가 되고 싶다고 했다. 하긴 6·25동란의 참화를 겪은 지 얼마 되지도 않았던 시대적 상황으로 봐서 누구나 살기 각박했던 그때는 비단 나 뿐만이 아니라 다른 아이들도 대충 그 정도의 꿈이 고작이었다는 기억이다. 선생님은 대단히 존경스러웠고, 또 기술자는 그 어려운 시절에도 밥은 굶지 않고 살았으니 말이다. 그리고 그 후 세월이 한참 흐른 뒤에 나는 선생은 못 되고 기능인이 되었다가 나중 공과대학을 나와 기술 계통의 일을 했으니 어쩌면 어릴 때의 꿈은 실현된 셈이다.

꿈은 클수록 좋고 또 "꿈은 반드시 이루어진다."라는 말이 있다. 그 반면 오르지 못할 나무 쳐다보지도 말라는 전래 속담도 있다. 어느 쪽을 믿고 택할까는 개인적인 판단에 맡기지만 나는 전자와 후자의 중간쯤을 택하는 편이 좋다 싶다. 목표를 세우되 약간 숨찰 정도로 세우는 것 말이다. 꿈이 한없이 웅대하고 모두 다 이룰 수 있다면 그 얼마나 근사한 일일까만 그게 그리 쉽지 않은 일이기도 하지만, 비록 원대한 꿈은 아닐지언정 평범한 작은 꿈도 아예 없이 사는 사람보다는 훨씬 그 삶이 보람차고 또 무엇보다 그 꿈을 행해 끊임없이 정진하는 모습이 더 아름답고 감동적인 일이라 생각하기 때문이다. 서두에 말했듯 어렸을 때 현실적인 작은 꿈을 꾼 나에 반해 개중에 드물게 나중 커서 장군이 되겠다거나 심지어 대통령이 되겠다고 말했던 아이들도 있었지만 지금 내 주위에 하나도 그런 꿈을 이룬 사람은 없는 걸 보면 정녕 꿈만 크다고 될 일은 아니라는 판단이다. 그래서 생각건대 우리와 같은 평범한 사람에게 있어선 자신의 꿈이 크고 작고를 떠나 그 꿈을 향해 나아가는 열성적 자세와 과정이 더 중요하고 또 만약 그렇게 꾸었던 먼저의 꿈이 실현된다면 이어서 또 다른 새로운 약간 숨찬 꿈을 향해 나아가는 도전정신이 더욱 소중한 것이리라 싶다.

내가 맡아 하는 일거리 중에 손바닥만 한 조그만 사각 종이 상자를 손으로 접어서 그 안에 제품을 담아내는 작업이 있다. 굳이 설명하면 담뱃갑 정도 크기의 반 가공된 판지의 사각 아랫부분을 손으로 접고 난 뒤 그 속에 제품을 넣고 다시 윗부분을 접어 봉하는 작업이다. 그런데 그 작업의 첫 과정인 종이 상자 아래 접기가 관건으로 막상 해 보면 보기보단 쉽지 않아 손가락도 아프고 가끔 날카로운 종이 모서리에 상처도 입게 된다. 그리고 또 이런 과정을 얼마간 견디면 특별히 재능이 없는 사람들도 그럭저럭 앞뒤 사람들과 손을 맞출 수가 있는데 그래도 사람에 따라 썩 잘하는 사람이 생기게 된다. 그런데 신통하게도 그 썩 잘하는 사람 중에 나도 끼게 되었다. 얼마간 열심히 도와주다 보니 청출어람 격으로 내게 가르쳐 주던 작업자보다 훨씬 능숙하게 더 잘 접을 수 있게 되었기 때문이다. 그러다 최근에는 점점 실력이 더 늘어나 이젠 이 방면에 가히 나를 능가하는 사람이 없을 정도까지 되고 말았다. 하도 빠른 속도로 일정하게 접어내니, 보는 사람들은 내 손이 마치 기계 같다고도 한다.

그런데 사실 이처럼 썩 단순한 일일지라도 그 일을 무척 잘하기는 참 힘든 법이다. 즉, 그런 단순한 일도 막상 그 일을 아주 능숙하게 할 수 있으려면 뭔가 다른 점이 있어야 한다는 것이다. 내가 보니 이처럼 대수롭지 않은 종이 상자 하나를 접는 일에도 반드시 열 손가락이 하나같이 각기 제 몫을 다 해야 하는 것이었다, 비록 약지나 새끼손가락일지언정 공짜로 따라가지 않고 각각 나름대로 그 판지가 비뚤어지지 않도록 잘 보조해 주는 등등의 소중한 역할이 있다는 것이었다. 그리고 이런 일련의 과정에서 내 손가락은 아무리 사소한 일도 그처럼 빈틈없고 치밀하게 대응해야 한다는 교훈과 함께, 자신에게 주어진 어떠한 작은 꿈이나 과업에 대해서도 본인이 할 수 있는 궁극적 노력과 아이디어를 총집결시켜 임해야 할 것이라는 깨달음을 나에게 전해 주었다. 천하의 맹수인 호랑이가 가냘픈 토끼 한 마리를 잡는데도 전력을 다해 낚아챈다고 하지 않았던가.

그동안 짧지만은 않은 인생길을 살아오며 소소한 작은 꿈들을 많이 이루어 왔고 때론 실패도 하며 살아 온 나였지만, 그러나 요즘도 나는 끊임없이 새로운 꿈으로서의 도전과제를 고민하며 살아가고자 한다. 역시 나도 이제 나이가 있으니 향후의 삶이 어떻게 전개될 것인가는 잘 모르는 일일 뿐이지만, 그럼에도 불구하고 비록 소박할지언정 끊임없이 새로운 꿈을 꾸면서 살아갈 것이리라. 물론 이제 그 꿈은 단지 나 자신만의 복지를 추구하는 꿈이 아닌 타인들(특히 소외된 약자들)의 삶에도 일말의 도움이 되는 방향으로 함께 그 틀을 잡았으면 할 뿐이다. 그리고 또 열심히 그 과업을 향해 매진할 것이다. 전술한 종이 상자 접기에 내 열 손가락을 모두 다 썼듯 앞으로 나의 그 새로운 꿈을 향해 내가 가진 모든 주위 환경의 이점과 나의 육체적, 정신적 다양한 에너지를 주저 없이 쏟아부어 가며 치열하게 전진해 나갈 것이리라. 그리고 끝까지 그런 삶을 살아간 연후라야 드디어 나는 내 후손들에게 나의 지난 삶을 당당하게 이야기할 수 있을 것이고, 더불어 약간의 생활 교훈도 스스럼없이 전수해 줄

자격이 생길 수 있을 것이 아닐까 하는 생각도 해 본다.

2015년 5월 초의 한 날

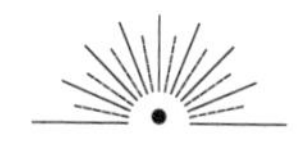

다시 쓰기 시작한 일기

오래전 중단했던 일기 쓰기를 약 10여 년 전부터 다시 시작하기로 했다.

90년대 초 나의 첫 작품집에서 나는 당시 오랫동안 써 오던 일기를 더 이상 안 쓰기로 마음먹었다고 고백한 적이 있었다. 그 이유인즉 그간 나는 자신이 감추고 싶었던 부끄러운 일들은 일기에 제대로 나타내기를 꺼렸기 때문이었다고 했다. 다시 말해 그렇게 쓰인 일기는 결국 나의 좋은 모습만 기록한 거짓된 개인 역사가 될 것이고, 뒤늦게나마 내가 그것을 부끄럽게 여겼기 때문이라고 했다.

그러던 내가 다시 새롭게 일기를 쓰기 시작하게 된 가장 큰 이유는 이제는 그런 거짓말을 좀 덜 할 자신감이 생겼다는 것 때문이다. 무엇보다 나이 육십 중반을 넘어설 때부터는 거짓되게 살 일이 예전에 비해 훨씬 많이 줄어들었기 때문이기도 하다. 내가 운영하는 사업 관련 이야기나 지인들 사이에서도 그렇고 특히 집안에서도 더 이상 거짓을 진실처럼 꾸며서 말할 만한 얘깃거리들이 점점 사라지게 된 것이 주원인이라고 할 것이다. 그러나 그 반면 좀 아쉬운 것은 일상생활에서의 정적이고 밋밋한 삶이 계속되는 건 또한 어쩔 수 없는 일이 되고 말았다. "선의의 거짓"이란 말도 있지만 약간의 악의 없는 거짓이란 사람이 살아가는데 필요악처럼 따라다니는 것이고, 그 또한 생의 활력소처럼 작용하기도 하는 것인데 그런 낭만이 사라지니 예전에 비해 부쩍 사는 재미는 덜해지고 말았다는 뜻이다. 하지만 아무리 그래도 이젠 그런 가식일랑 응당 내려놓아야 할 때가 되었음은 변할 수 없는 현실이 되고 말았다. 이 또한 삶의 한 과정이려니 하며 마음 편히 받아들일 뿐이다.

그리고 그런 마음가짐으로 다시 시작한 일기 쓰기는 새삼 나에게 아주 큰 의미를 부여하고 있다고 할 것이다. 일기를 기록하는 것 같은 단순한 작업일지도 아직은 일을 손에서 놓지 못해 글 쓸 시간조차 쉬 낼 수 없는 나 같은 사람에게는 참 좋은 습작 과정이 되기 때문이다. 더구나 최근 일기를 기록하는 방법도 시대적 변화에 순응하여 예전에 비해 완전히 달라졌다. 예전에는 일일이 노트에다 펜으로 직접 썼지만 이젠 편리하게 개인 컴퓨터를 이용하여 작성해 메모리 카드에 보관한다. 이렇게 하면 우선 기록하는데 드는 수고가 훨씬 덜할뿐더러 글을 쓰는 속도로 빠른데다, 혹시 마음에 들지 않는 문구도 얼마든지 쉽게 수정할 수 있으므로 여간 편리한 것이 아니다. 일기 한 장도 마치 단편 수필 쓰는 심정으로 문장을 다듬어 나가는 나로서는 수정이 필수적이니 더욱 그 편리함이 돋보인다. 거기에 더욱 금상첨화인 것은 추억으로 남길 디지털 사진이나 심지어 동영상까지도 거침없이 첨부하여 보관할 수 있다는 것이니 첨단과학의 혜택을 톡톡히 보고 있는 셈이다. 그래서 최근 기록된 나의 일기는 나중에 종이 노트가 아닌 메모리 카드를 몇 개라도 복사해 우리 애들에게 유산으로 나눠 줄 수도 있게 되었으니 그 또

한 신문화의 하나이다.

수필이 그렇듯 일기 또한 자기 자신의 거울이라고 생각한다.

아름다운 수필이나 일기를 쓰는 사람은 필경 그 사람의 마음도 아름다울 것이리라 싶다. 그래서 나같이 직설적인 표현을 많이 일삼는 사람은 그만큼 솔직한 면도 있는 것이리라 싶다. 비록 세상에 내놓을 만한 대단한 가치는 없을지 모르나 나의 후손들에게는 내가 죽고 난 뒤에도 한 가닥 성찰의 밑거름이 될 수 있을 가치 있는 솔직한 일기를 쓰고 싶다. 그리고 내가 이전 작품집에서 언급했듯, 아주 젊었던 청년 시절 내 깐에는 장대한 미래의 꿈을 그리며 한 점 부끄럼 없이 순수한 마음으로 일기를 썼던 그때처럼 맑은 마음으로 일기를 쓰고 싶다. 아직도 많이 부족하지만 앞으로 남은 생을 덜 부끄럽게 살아갈 명분을 얻기 위해서라도, 그래서 나중에 우리 아이들만이라도 나의 진심을 잊지 않고 오래 간직할 만한 그런 일기를 쓰고 싶다. 진심으로…….

2020년 3월 초하루

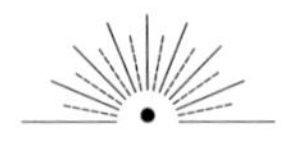

휴지 한 장의 일생

우리 집에서 그리고 우리 작업장에서 나는 잔소리꾼으로 통한다.

집에서는 휴지 좀 적게 쓰라고 잔소리, 현장 식당에서는 제발 음식 좀 남기지 말라고 잔소리, 이래저래 듣는 이로선 썩 듣기 좋은 소리는 아니다.

그러나 정작 나로서는 보잘것없는 휴지 한 장이라도 허투루 쓰지 않음은 물론이지만, 지난 수십 년래 내 식판에 스스로 담아 오는 음식을 다 안 먹고 남기는 일은 아주 특별한 경우가 아니면 거의 없다. 비단 음식에서 뿐만이 아니라 다른 여타 물건들에 대해서도 마찬가지다. 내 주변에 있는 어떤 소비제품이든 일단 내 손에 들어오면 그 기능이 다 해 도무지 사용이 어려울 때까지 쓰고 버린다. 옷, 신발 등 외 여타 잡화는 물론이고 심지어 첨단 정보통신 기기 등등을 비롯한 거의 모든 것이다. 어쩌다 식구들이 옷가지 같은 걸 선물이랍시고 사 오면 굳이 안 해도 될 잔소리를 또 한다. 지금 지닌 옷만으로도 내 죽을 때까지 마르고 닳도록 입을 수 있다고 말이다. 이런 쪼잔한 모습이 뭐 그리 자랑이라도 될까만 단지 이제 조금 먹고살게 되었다고 예전 기막히게 어려웠던 시절을 까맣게 잊어버리고 호기부리는 일이 나로선 전혀 내키지 않기 때문이다.

우리 현장엔 화장실마다 세척 후 손을 닦는 휴지 걸이가 있다. 손으로 잡아당기면 한 장이고 두 장이고 열 장이고 얼마든지 뽑아 쓸 수 있다. 내가 보기에 사람들은 보통 두 장 내지 세 장까지 빼서 손 한번 쓱 닦고는 버린다. 그러나 나는 그게 아까운 것이다. 그래서 나는 꼭 한 장만 빼서 쓴다. 나로선 한 장이 면 충분해서이다. 그리고 또 그 쓴 휴지도 한 번에 버리는 일은 없다. 손을 닦고 난 뒤 살짝 접어 주머니에 넣어 둔다. 손에 묻은 깨끗한 물을 닦았으니 방금 사용한 휴지도 그 물만큼 깨끗할 터이고, 또 그렇게 주머니에 가만히 두면 얼마 안 가 금방 말라 뽀송뽀송해져 새 휴지나 마찬가지로 된다. 이후 해질 때까지 몇 번을 더 재사용하든가 식사 후 그 휴지로 입과 식탁 등을 닦고 난 뒤 비로소 버리게 되고 그제야 그 휴지의 일생은 막을 내린다. 그렇다고 내 글을 읽는 분들이 나를 심히 지저분한 사람으로 안 봐주었으면 한다. 나는 짐작보다 깔끔한 사람 중의 하나라고 자부하는 터이니 말이다.

음식을 제대로 다 안 먹고 버리든 휴지를 맘껏 쓰고 버리든 개인적 성향의 문제라 내가 나서 비난할 일은 못 된다. 그러나 우리가 맘껏 버리는 그 찌꺼기 음식도 못 먹고 굶어 죽어가는 소외된 이 세상 사람들이 얼마나 많은가? 그리고 무진장 버리기만 하는 음식과 휴지 등은 또한 무진장 지구 환경을 오염시킨다. 이러고도 인간들은 진작에 쓰레기통에 던져 버려야 할 소비가 미덕이라는 "케인즈"식 전근대적 패러다임에서 벗어나지 못하고 오로지 더 많은 풍요만을 탐하고자 하니 오만이 도를 지나쳐도 한참 지나쳤다 싶다.

미국 부통령을 역임했고 환경 운동으로 노벨평화상을 수상한 앨 고어는 그의 저서 『불편한 진실』에서 급격하게 증가하는 인구수에 비례해 폭증하는 대량 소비와 환경 오염으로 인한 지구의 황폐화를 안타깝게 경고하고 있다. 그리고 그 대량 소비에 따른 대기 중 이산화탄소의 폭증으로 인해 불과 몇십 년 후 닥쳐올 지구의 파국적인 미래상을 수없이 많은 증거와 과학적 데이터들로 제시하며 대책 마련에 서둘러야 할 것을 세상 사람들에게 부르짖고 있다. 그러나 그러한 그의 주장에 대다수 사람들은 아예 무관심하거나 설사 관심을 두더라도 애써 외면하고 있다. 현재 누리고 있는 편리함과 풍요를 쉬 내려놓지 못하는 사람들로서는 조만간 닥칠 험난한 지구의 종말에 대한 경고는 그저 하나의 불편한 진실에 불과할 뿐이기 때문이다.

나는 최근 몇 년 사이 예전에 그렇게나 즐겨 입던 방한용 가죽점퍼를 거의 입어보지 못했다. 아니 입지 못한 것이 아니라 입을 필요가 없었다. 한동안 날씨가 예전에 비해 너무 포근해져 거의 입을 필요를 못 느꼈기 때문이다. 근년 들어 세계적인 날씨 또한 무섭게 변해 가고 있음은 주지의 사실이다. 도처에서 살인적인 폭염이 연이어 속출하고 있고, 또 다른 한편으로 유례없던 극심한 한파, 장기간의 폭우, 초강력 태풍과 가뭄 등의 재앙이 끊임없이 교차 발생하고 있기 때문이다. 그리고 이런 예상치 못할 상황들을 감안해 보면 아마 그동안 내가 입을 필요를 못 느꼈던 그 가죽점퍼보다 훨씬 더 두꺼운 옷을 챙겨 입어야 할 날이 조만간 급전직하 찾아올지도 모를 일이다.

문제는 사태가 이런데도 우리 인간들은 그 심각성을 잘 깨닫지 못하고 우왕좌왕하고 있는데 이는 이러한 기후변화가 어느 순간 심각한 지경까지 치닫다 또다시 한동안 호전되는 듯한 순환 사이클을 반복하며 서서히 극한 쪽으로 변해 가기 때문이다. 산 개구리를 뜨거운 물에 넣으면 '앗! 뜨거라!' 순식간에 튀어나오지만 미지근한 물에 넣은 다음 아주 천천히 온도를 올리면 그 개구리는 제 몸 주위 온도 변화를 미처 인식하지 못하고 가만히 있다가 결국 그 물에 삶겨 죽게 된다. 우리 지구의 기후변화도 이렇듯 일반인들이 선뜻 느낄 수 없는 아주 느린 속도로 서서히 갈팡질팡 재앙으로 다가가지만 우리는 그 심각성을 쉽사리 인지하지 못하고 지낼 따름이다.

앨 고어는 미래에 대한 경고와 아울러 우리 각자 개인적인 차원에서의 기후변화 억제를 위한 몇 가지 제언도 했는데 그중 두 가지가 내가 이 글에서의 주제로 삼은 휴지와 음식이다. 종이를 낭비하지 말라는 것과 남은 음식을 퇴비로 만들라는 조언이 그것이다. 종이를 만들기 위해서는 대기 중의 이산화탄소를 흡수하는 산림이 그만큼 많이 훼손되어야 하고, 그냥 버려지는 음식은 가장 강력한 온실가스인 메탄을 생성시키기 때문이다.

산업화 이후 지구의 대기 온도가 평균 섭씨 1도 상승했다지만 불과 1도 상승으로도 서두에 예시한 대로 이 지구의 기후 이변이 끊임없이 확대 재생산되고 있는 중이다. 진화론자 찰스 다윈이 쓴 『종의 기원』의 산실이며 천혜의 자연 보고인 갈라파고스 제도 근방에 있는 13군데의 산호초 군락마저 그중 12군데가 이미 사라졌다고도 한다. 그러나 더 무서운 진실은 앞으로 이 세상이 지금처럼 아무 대책 없이 그냥 나아간다면 약 30년 후, 그러니까 2050년 정도가 되면 지구 평균 온도의 상승이 2.5도 이상까지 될 것이라고 한다. 북극의 만년설과 남극 빙하의 해빙으로 해수면은 6미터 이상이나 상승하게 되고, 지상 및 해양 동식물의 멸종은 수를 헤아릴 수 없게 될 것이며, 극심한 기후변화에 따른 식량부족과 함께 무자비한 환경파괴로 생성된 각종 유해 바이러스 등의 창궐로 인간의 삶도 결코 보장할 수 없을 것이라고 한다. 물론 그때쯤 나는 내 생을 마감할 것이니 나로선 크게 걱정할 일이 못 되지만 남아 있는 우리 후손들을 생각하면 끔찍한 미래상이라 할 것이다.

이러한 암담한 현실과 미래의 예측에도 불구하고 아직은 파국을 면할 여러 가지 대안들이 적지 않은 세계 과학자들 사이에 연구 기획되고 있다는 점은 그나마 다행한 일이라 할 것이다.

그러나 지구의 미래를 이를 데 없이 걱정하는 많은 환경론자들이 지적하듯 모든 대안에 우선되어야 할 과제란 바로 지구인 각자의 과소비를 줄임으로 인한 전 지구적 탄소발자국을 최대한 억제하는 일이 아닐까 싶다. 바라건대 이 글이 살아있는 의식의 많은 독자들에게 머지않은 장래에 불현듯 다가올 파멸의 단말마적 경고에 다시 한번 귀를 기울이게 하는 일말의 계기가 되었으면 하는 간절한 바람으로 졸작을 꾸며 보았다.

2020년 따뜻한 동절기를 보내며

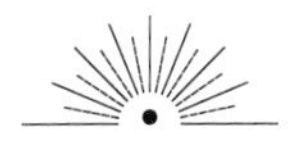

형수님을 떠나보내며

흘러가는 세월 따라 주위 친했던 사람들이 하나둘씩 삶의 끈을 놓는 모습을 대할 때마다 한동안 그 충격에서 벗어나기란 쉽지 않은 일이다. 또 그렇게 유명을 달리하는 사람 중에서도 유

난히 큰 충격과 아픔을 주고 떠나는 분들이 있는데, 그럴 때는 쉬 가시지 않는 슬픔과 아득한 삶에 대한 회의감에 휩싸여 한동안 심적 혼란도 겪게 된다.

무릇 사람이란 언젠가는 죽을 것이고, 나 또한 죽으면 나를 잘 아는 몇 사람들에게는 크나큰 심적 아픔을 남겨 줄 수도 있을 것이리라. 사람은 죽어서 관뚜껑이 닫힐 때 비로소 진정한 평가가 이루어진다는 말이 있다. 망자가 살았을 때 드날린 대단한 명성 따위가 꼭 그 평가 기준은 아니란 뜻이다. 비록 평범하게 살아왔으나 주위에서 두루 그의 죽음을 진정으로 서러워하고 아쉽게 생각해 주는 사람도 의외로 적지 않은 법이다.

지난해 코로나의 공포가 나라 전역을 휩쓸고 있던 7월 어느 날 울산에 계시는 이수길 형님의 형수께서 별세했다는 전갈을 받았다. 형수님이라고 하지만 기실 그분은 내 친 형수님은 아니었다. 객지에서 만난 나를 친동생처럼 아껴주시던, 그래서 나도 진정으로 친형님처럼 여기고 있는 분의 아내이니 나에겐 친 형수나 다름없는 분이셨다.

나한테는 무던히도 살뜰히 대해 주던 형님 내외분이셨다. 내가 약관의 나이에 태어나 자랐던 부산을 떠나 울산 땅에 첫발을 내디뎠을 당시, 월남전에 참전했다가 갓 제대한 그 형님을 한국비료 공장 건설 현장에서 만나게 된 것이 인연의 시작이었다.

이후 사고무친의 나를 친동생 이상으로 보살펴 주셨고, 그 형님이 결혼하시기 전까지 한동안 울산 근교 작은 단칸방에서 함께 동고동락하기도 했다. 그런데 그런 형님께서 결혼을 한 후에는 어찌 그 형수님마저 나한테는 무던히도 정을 베풀어 주어 나를 감동케 하였으니 진실로 부창부수라 할 것이었다. 혼인하고 아이들도 생기고 나면 대개 타인에 관한 관심은 절로 많이 사라지는 법이지만, 그러나 그 형님 내외분은 언제나 변함없이 나를 극진히 챙겨주셨는데 그 이면에는 역시 따뜻한 심성의 형수님이 계셨기에 가능한 일이었다.

한번은 회사 생활을 하면서 학업을 이어가던 내가 대학 3학년 말에 직장을 그만두고 공부에 전념하고자 했을 때 일이다. 형님 내외분이 낡은 가옥에서 아이 셋을 거느리고 사실 때였다. 그 가옥의 방이 세 개였는데 세 개 방 중 부엌 딸린 방 한 칸은 신혼부부에게 세를 놓고, 남은 방 두 개 중 큰 방 하나에 형님 내외와 아이들 셋이 살면서 나머지 작은 방 하나를 통째로 나를 위해 할애해 주셨다. 그 적까지도 철이 덜 들었던 나는 체면 없이 그곳에서 근 일 년을 돈 한 푼 안 내고 먹고 자고 했는데 이기주의가 팽배한 요즘 세상에선 가히 꿈도 꾸지 못할 일이 아닐까 싶다. 당시 그토록 철없던 나를 두고 그 형님이나 형수께선 어떤 내색 하나 없이 나를 거두어 주셨던 것을 생각하면 그 고

마음과 죄송함을 지금도 어찌 다 표현할 길이 없다.

그날 울산병원 영안실에서 참 많이도 울었다. 그리고 조시도 하나 써 바쳤는데 예전 형수께서 가마 타고 시집을 왔던 때부터 내가 울산을 떠나기까지의 이런저런 회상이 주마등처럼 스치니, 그때마다 울컥울컥 눈물을 참을 수가 없었다. 수년 전 울산에 가서 점심을 나눌 기회에 동석한 형수님께 여름옷이나 하나 사 입으시라며 슬그머니 봉투 하나를 건네니, 그리 큰돈 든 것도 아닌데 그 울산 특유의 엑센트로 "아이구! 데림, 와 이래 마이 주능교?" 책망하시던 천사 같던 모습이 다시 떠오르며 자꾸 눈물이 났다. 불과 6개월 전 설날 하울 시에 어찌 몸이 많이 안 좋으시다는 이야기는 직접 들었지만 나이 들면 그럴 수도 있으려니…. 대수롭지 않게 생각하고 막연하게 잘 회복하시기만 바랐던 나의 미련함도 더해져 그 슬픔이 더 컸다.

조문을 마치고 귀경하며 죽음에 대한 많은 생각들을 하게 되었다.

나는 그간 살아오며 나에게 그토록 자상하셨던 형수께서 비단 나 뿐이 아닌 다른 여느 사람과도 언제 한 번 다투거나 대놓고 비난하는 모습을 본 적이 없었다. 비록 언짢은 일이 생기더라도 말을 낮추고 에둘러 슬쩍 한마디 하는 것이 고작이었다. 그래서 그 형수님의 죽음이 그토록 더 안타깝게 느껴졌던 것이 아닐까 싶다. 그리곤 그분의 관뚜껑이 닫힌 그날 "그래도 형수님은 참 선하게 잘 사시다 가셨소."라는 나만의 아름다운 평가를 감히 내리게 되었다.

세월이 좀 더 가면 나 역시 이 세상과의 하직을 고하게 될 것이고 남아 있는 사람들은 그제야 나에 대한 평가도 제대로 하게 될 것이다. 인격적으로 흠도 많을뿐더러 남에게 특별히 잘 대해 주지도 못한 나를 두고 말이다. 그러나 어쩌겠는가? 오직 지금보다는 조금 더 참고 인내하며 배려하고 살아갔으면 하는 바람만 생긴다. 그렇다고 억지를 부릴 필요도 없다. 그저 다른 사람들이 좋아하든 아니 좋아하든 나는 내가 진정으로 선이라 여기고 바른길이라고 생각되면 그 길을 지금처럼 그냥 뚜벅뚜벅 열심히 걸어갈 일이다. 만약 그 길이 바른길이 아니라고 여겨지면 내가 스스로 수정하며 걸어갈 것이다. 그러고도 나의 관뚜껑이 닫힐 때 긍정적인 평가를 받지 못한다면 그건 정말 내가 잘못 살았던 탓일 것이리라.

2021년 8월 마지막 날

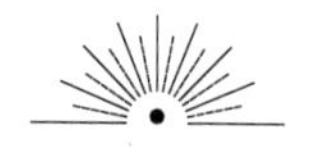

내가 청백리가 될 수 없는 이유

오래전 조직 생활 당시 자주 나의 가치판단을 흐리게 했던 두 가지 경구가 있었다.

그 하나가 '까마귀 노는 곳에 백로야 가지마라….'로 읊어지는 옛시조였고, 다른 하나는 수청무대어(水淸無大魚)란 말로 중국 한나라 고사에 따른 것이다. 첫 번째의 시조는 아무리 깨끗한 사람도 혼탁한 환경에 휩쓸리면 자신도 모르게 부패에 물들게 됨을 경계하라는 뜻이고, 두 번째의 고사는 물이 너무 맑으면 큰 고기가 없다는 풀이로, 사람이 지나치게 엄격하고 깔끔하면 주위 다른 사람들과 제대로 화합할 수 없다는 뜻이라고 한다. 사람이 올곧게 살아가도록 독려하고 깨우침을 주고자 하는 선인들의 조언인데 어찌 이처럼 두 말씀이 상반될 수가 있을까 싶다.

그런데 공교롭게도 전직 회사 생활 때의 내 보직은 언제나 이권에 연루된 자리를 오갔다. 설비 제조나 수리를 담당하는 공무

계통에 있을 때는 외주 공사업체들을 자주 대했고, 자재구매 부서에 있을 때는 납품업체들을 자주 만났다. 누구나 정도의 차이는 있을지언정, 그런 분야에서 일하게 되면 본의 아니게 상대 거래업체들의 은밀한 유혹에 노출되는 건 어쩔 수 없는 일일 것이다. 나 또한 예외는 아니어서 처음 자재과 보직을 맡게 되었을 땐 내가 제법 깐깐하다는 소문이 나서였던지 열심히 눈치만 살피던 업체 사람들이 나중에 좀 낯이 익자 그제야 너도나도 저녁 초대로 줄을 이었다. 매번 멀리 대할 수는 없는 노릇이라 그중 주요 거래처의 초대에 몇 군데 응하게 되었고, 그러다 나중 좀 친해지니 식사 후 함께 당구도 치고 맥줏집에도 같이 드나들곤 하게까지 되었다.

그러나 아무리 사심 없는 사소한 일탈일지라도 계속되면 반드시 부작용은 따르게 되어 있었다. 다 그런 건 아니었지만 개중에는 나와의 친분을 이용하려는 사람들이 나타나게 되고, 때로는 바람직하지 않은 선물도 따라다니기 마련인 것이었다. 그땐 지금과는 경제적 환경이나 소비 패턴도 많이 달라 명절이 되면 구두 상품권 같은 것이 선물로 참 많이 들어왔었다. 그리고 상품권만 들어오는 것이 아니라 때로는 현금이 들어오는 일도 있었다. 물론 거절함이 상례였지만, 그냥 안 보이게 슬쩍 던지듯이 놓고 가던지 제삼자를 통해 전달되는 것도 있었다. 그래도 어찌어찌 상대를 찾아 대부분 다시 돌려주곤 했지만 피치 못할 경우 도리없이 따로 모아 상사께 보고하고 대관 업무 비용 등 타 용처를 찾아 사용하는 일도 드물게 있었다. 그러나 그런 식으로 사용되는 돈은 아무리 투명하게 관리한다고 해도 일명 콩고물이란 것이 조금씩이나마 떨어지게 되어 있었다. 덕분에 직원들과 정규 회식 후에 어쩌다 가외로 2차도 가곤 했던 기억이다. 당시 정치권에서 정치가들에게 유입되는 검은돈을 배달하다 조금씩 편취해 챙긴 돈을 콩고물이라고 불렀다. 떡을 만지면 어차피 콩고물이 손에 묻기 마련이라는 것이고, 그리고 그때 우리도 드물게 그런 콩고물이 생기는 바람에 복에 없던 약간은 비뚤어진 호사를 누리기도 했던 셈이다.

그 후 언제인가 명절 인사차 회사 회장님 댁을 방문하였을 때 일이다. 무슨 말끝엔가 회장님께서 느닷없이 "너도 거래처하고 술도 마시고 선물도 받고 하느냐?"라고 물으셨다. 순간 아찔한 감정이 뇌리를 스쳤으나 난 이내 냉정을 되찾고 "예, 거래처에 대한 정보 획득 차원에서 가끔 만나고 있고, 선물도 정도가 지나친 것이 아니면 받습니다" 하고 둘러댔다. 선물을 받는데 안 받는다고 말씀드릴 용기는 나지 않았고, 또 정보 획득 차원에서 업체들을 만난다는 말도 완전한 거짓은 아니었기 때문이었다. 그런데 그때 나로서 참으로 의아하게 생각했던 것은 그런 나의 고백을 다 들으신 회장님께서 더 이상 다른 아무 말씀도 안 하셨다는 사실이다. 부정한 행동과 부정직에 대해서는 늘 추상같으셨던 그분께서 그날 왜 더 이상 아무 말씀이 없으셨는지는 솔직히 지금도 나는 그 뜻을 잘 모르고 있을 뿐이다.

그 후 많은 세월이 흐른 지금 난 다시 지난날을 회고해 본다.

그리고 지금 만약 내가 또다시 예전처럼 직장생활을 한다면 과연 얼마나 더 깨끗할 수가 있을까 다시 한번 깊이 성찰해 본다. 까마귀하고 놀지 않는 백로처럼 살 것인가? 그도 아니면 잡아먹을 먹이조차 거의 없는 깨끗한 물에서 살아야만 하는 포식자(捕食者)의 삶을 이어갈 것인가? 참 쉽지 않은 화두다. 그러나 지금 아무리 생각해도 나는 역시 명망 있는 청백리는 도무지 될 수 없을 것이 아닐까 하는 우려는 어쩔 수가 없다. 정서적으로는 백로처럼 살고 싶지만 그러면 사람들과의 관계에서 너무 힘들고 재미가 없을 것 같아서이다. 더불어 사는 세상에서 혼자서 독야청청하는 일은 적잖이 비현실적이고 나의 성격에도 잘 맞지 않을 것 같기 때문이다.

비록 이 책에는 게재되지 않았지만 내가 달리 쓴 글 중에 「공돈에 얽힌 비사」라는 작품이 하나 있었다. 그리고 그 글의 마지막 부분에서 나는 비록 과거의 이야기에 불과하지만 절대로 공돈을 탐해서는 아니 될 것이라고 했다. 그러나 기실 사람이 공돈을 탐하지 않는다는 것과 청백리가 된다는 것은 그 격 자체가 하늘과 땅 차이라 할 수 있을 것이다. 그래서 결국 나의 결론은 역사상 청백리들의 모범적 생활과는 일말의 거리를 둔 최소한의 혼합이 될 것 같다는 지레짐작을 해 볼 뿐이다. 가능한 한 깨끗하게 살고자 노력하되 너무나 융통성 없는 삶 또한 피하고 싶은 것이다. 이 세상은 혼자 사는 세상이 아니기 때문이다. 그리고 너무 깨끗하기만 하면 이 세상에서 정작 필요한 관용조차 사라지고 말 것 같기 때문이다. 누가 들으면 특별히 개성 없는 자기만의 색깔을 너무 정당화한다고 비난을 하더라도 이건 어쩔 수 없는 나의 한계가 아닐까 싶은 아쉬운 결론이다. 나야말로 결코 그리 특별하지도 비범하지도 않은 아주 평범한 보통 사람에 불과하기 때문이다.

2020년 12월의 어느 날

나는 행복한가?

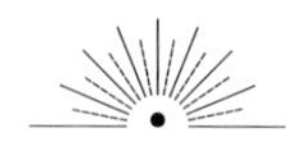

나는 행복한가?

나는 행복한 사람일까?

무릇 인간이라면 누구나 자주 품는 질문이다. 꽤 답하기 쉽지 않은 질문이다.

그래서 나는 나한테 직접 질문해 본다. 넌 행복하냐고….

그리고 때론 남들도 나한테 물어본다. 당신은 행복하다고 생각하느냐고….

이럴 때 나의 대답은 한결같다. 난 그런대로 행복한 사람이라고.

나는 내세울 것 없는 한미한 가정에서 태어났다. 살림이 어려웠으니 호강은 고사하고 조실부모까지 하는 바람에 제때 제대로 배우지도 못했다. 그래서 젊은 시절 우여곡절도 참 많았다.

이런 내가 나름 행복하다고 생각하는 이유는 아주 단순하다.

그 첫째가 나는 젊은 나이에 고생을 많이 해 보았으니 참 다행한 일이다. 젊은 시절 고생은 사서도 한다고 했는데 나는 그 고생을 사지 않고 그저 공으로 얻어서 해 보았으니 말이다.

그리고 두 번째가 그 과정이야 어떻든 나도 남들이 배운 만큼은 배웠다는 것이다. 아니 평균의 사람들보다 쪼끔 더 배웠다고도 할 수 있으니 전혀 불만이 없다.

세 번째로 나도 남들만큼 그런대로 괜찮은 조직에서 꽤 부끄럽지 않은 자리까지 올라가 보았고, 사회적으로도 문필가로서 여러 곳에 작품을 보내며 종종 이름도 내 보았으니 더 이상 크게 바랄 것도 없는 일이다. 그리고 또 한참 세월을 거슬러 약관의 나이에 기능공으로서 지방 및 전국기능올림픽대회 전기용접 분야에서 각각 동메달 입상의 영광도 안아 보았고, 장년의 나이에는 특허청에 수월찮은 숫자의 특허도 등록하여 명실공히 발명가로서도 이름을 올릴 수 있게 되었으니 금상첨화라 할 것이다.

네 번째로 경제적으로도 나는 모름지기 이 사회에서 소위 중산층에 어찌 겨우겨우 턱걸이 정도는 하는 수준이니 그 또한 행복한 삶이다. 삶의 기본인 의식주만큼은 그리 큰 곤란이 없을 정도인 나는 100여 년 전 조선 말기 고종 황제보다 더 좋은 환경 속에서 자고, 더 멋지고 편리한 옷을 입고, 그리고 더 다양하고 맛있는 음식을 먹고 더 좋은 탈것을 타고 다니는데 이 삶을 불행이라고 한다면 지옥에나 갈 일이다.

다섯 번째가 나는 나름 괜찮은 아내를 만났다는 것이다. 이 세상에 한두 가지 결점 없는 사람이 어이 있을까만 어쨌거나 남들 눈에 크게 거슬리지 않을 정도의 그만그만한 예쁜 모습에 정숙하고 고집 덜 센 마누라를 만났으니 어쩌면 내 복에 겨운 사람이라고 할 수도 있을 것이다. 나이 들어 비로소 느끼는 사실이지만 꽤나 외골수적인 성격의 나를 만나 여태껏 잘 참고 살아준 것이 고맙고, 내 첫 수필집(『잡초의 삶 그리고 꿈』) 중에 나온 아내와의 인연에 관한 글에서 밝혔던 내용처럼 정녕 천생연분이라고 할 수도 있을 것이다.

여섯 번째가 내 딸 셋이 한결같이 다들 건강하고 그리 밉지 않게 생긴 데다 나름 올바른 심성을 지니고 있으며 또 하나같이 제 앞가림들은 잘하고 있다는 것이다. 한 가지 걱정이라면 다들 제 짝들을 찾았으면 싶지만 이건 그들 인생에 관한 문제이고, 또 그들도 앞으로 저들 부모 실망시키지 않도록 알아서 잘 처신할 것이라 굳게 믿고 살아갈 뿐이다.

일곱 번째가 종심(從心)을 지난 내 이 나이에도 아직 큰 지병 없이 건강하고 또 아직도 현업에서 열심히 일을 하고 있다는 사실이다. 운동도 열심이지만 종종 지인들과 어울려 술도 가끔 즐기는 데 비해 여전히 신체적으로 큰 문제 없이 지내고 있으니 이 얼마나 큰 복인가?

마지막으로 아직까지 나는 나름 건강한 정신력을 소유하고 있다는 점이다. 그릇된 것에 대한 정의감도 살아 있고, 사물에 대한 판단력도 지극히 정상이라 할 것이다. 그리고 지금도 열심히 학습하며 배우려는 열정 또한 전혀 사라지지 않고 있으니 이 얼마나 근사한 일인가!

지금까지 이야기한 것처럼 나는 일반인이 쉬 경험하거나 가져보지 못할 것들을 많이 겪어보고 향유해 보았다. 불타의 말씀에 만고(萬苦)는 집착에서 생긴다고 했는데 현재의 나로선 이제 더 이상 크게 욕심부릴 것도, 집착할 것도 별로 없으니 나는 정말 행복한 사람이다. 가끔 친한 벗들끼리 하는 이야기지만 만약 나에게 뭔 일이 생겨 지금 당장 내가 이 세상을 하직한다고 하더라도 나는 진실로 크게 여한이 없다고 생각한다. 단지 딱 한 가지 아쉬운 점이 있다면 내 살기에 바빠 불우한 이웃을 위한 삶에는 꽤 소홀했다는 점일 것이다. 하긴 돈이라도 좀 많이 벌었더라면 평소 못한 타인에 대한 선행을 돈을 써서라도 할 수 있었을 것이련만 내 복이 그것밖에 없으니 아쉽지만 어쩔 수 없는 일이다. 그러나 혹시 나중에 은퇴 후에는 이 사회의 선순환을 위한 좋은 기회를 찾을 수도 있으니 아직은 숙제로 남겨 둘 일이다.

사람이 평생을 잘 살았다면 이제 남은 것은 하나밖에 없는데 그건 바로 잘 죽는 일이 될 것이다. 평안한 마음으로 병원 신세 안 지고 조용히 생을 마감하는 것이 가장 행복한 죽음이 되겠지만, 설사 병원 신세를 지더라도 죽을 때 나의 존엄성을 면면히 유지하며 아름답게 생을 마감할 일이다. 내 관 뚜껑이 닫히는 날 주위 사람들로부터 "당신이란 사람, 이 험난한 세상에 태어나 한평생 정말 열심히 그리고 아름답게 잘 살다 갔소!"라는 분에 겨운 하직 인사나 들을 수 있게 된다면 그건 참말로 내가 행복한 삶을 살았다는 징표일 것이리라.

2020년 5월 어느 날

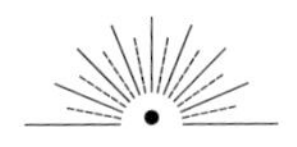

일복도 복일까?

주위에서 나를 두고 이젠 그만 일해도 되지 않느냐는 말들이 많다.

하긴 나이 70 중반에 들어섰으니 충분히 그럴 만도 한 일이다. 그리고 나 역시 흘러가는 세월의 무게를 마냥 거역할 수는 없는 일이고, 그래서 조만간 은퇴에 임해야 함은 엄연히 정해진 자연적 섭리가 아닐까 싶다. 물론 이런 나를 두고 주위에서는 한술 더 떠 이젠 그냥 여행이나 다니고 다른 취미생활도 좀 해가며 편히 살면 좋지 않으냐고도 한다. 그러나 그럴 때마다 내 대답은 언제나 일정한데 그건 아직은 때가 되지 않았다는 것이다. 육체적으로 그리고 정신적으로 아직 건강하니 더 일을 할 수 있고, 또 하고 싶기도 해서이다. 그리고 또 내가 워낙 가만히 있지 못하고 움직이기 좋아하는 천성적 일 체질이라 더 그런 것이리라 싶다. 일찍이 헤겔이 주장했듯 정말로 "노동이 인간의 본질"이기 때문에 그런지도 모를 일이다.

그러나 아무렴 세월은 못 속인다고 난들 이 나이에 어찌 좀 편하게 지내고 싶은 생각이야 왜 없을까만 그런 결정을 하기 어려운 또 하나의 비상한(?) 이유가 있으니 그건 다름 아닌 내 업무 경력의 신기록 달성을 향한 집념 때문이기도 하다. 꼭 60년간의 업무경력을 갱신한 뒤 그만두어도 두겠다는 그 집념 말이다. 다른 글에서도 몇 군데 이야기를 한 사실이지만 우리 아버지가 돌아가신 지 어언 58년이 지났고, 그 이듬해 초부터인가 해서 나도 호구지책으로 일을 찾아서 하기 시작하였으니 그 기간이 올해로 꼭 2년이 모자라는 만 60년 세월이다. 그래서 최소한 그 60년의 기간은 반드시 채우고 말겠다는 것이 나의 각오이자 목표가 되고 있는 것이다.

한국인들을 비롯한 동양 3국에서 이 60년이란 세월의 의미는 상당히 깊다고 봐야 할 것이다. 내가 이런 계통의 동양 역학에는 지식이 워낙 빈약해 익히 아는 바는 없으나, 10천간과 12지지로 이루어진 60갑자는 천체만물의 운행 질서를 나타내는 원리로 절기, 풍속, 제례, 천문 등 알게 모르게 우리의 생활에 깊숙이 침투해 있는 사상이기 때문이다. 우리가 나이 60살이 되는 날을 기념하기 위해 벌이는 환갑연을 그토록 중히 여기는 것도 바로 그런 배경 때문이리라 싶다.

그리고 보면 기껏 잘살아 봐야 100년도 채 못 채우는 우리 인생에 있어 60년간의 노동이란 결코 가볍게 느낄 짧은 기간은 아닐 것이다. 결코 적잖은 햇수로 숫자상의 의미도 깊지만 사실 농사를 업으로 하는 사람이 아닌 일반 직업인으로 이런 오랜 햇수를 오롯이 채워 일한다는 건 여간해선 쉽지 않은 일이기 때문이다. 최근 들어 주위에서 줄줄이 정년을 마치고 은퇴하는 지인들이 늘어가고 있는데 눈을 닦고 봐도 직장생활 60년을 꽉 채운 사람을 찾기란 쉽지 않았다. 운이 좋아 기업의 임원직으로 오랜 기간 연임을 하더라도 기업주 직계가 아닌 사람으로 60년 이상 그 직을 고수하기란 대단히 어려운 법이기 때문이다. 그래서 만약 내가 지금 생각대로 앞으로 2년간을 더 일해 만 60년을 채우게 된다면 나도 이 방면에 하나의 금자탑을 세우는 격이 되고,

그때 가선 정말 아무 미련 없이 그만둘 수도 있을 것이리라 싶다. 공수신퇴는 천지도야(功遂身退 天地道也)라 그랬다. 큰 공적을 이루고 나면 물러나는 것이 도리라는 말인데 그동안 이 사회 그리고 내 가족과 나 자신을 위해 원 없이 일해 왔으니 그땐 나도 흔쾌한 심정으로 물러나도 괜찮을 것이리라.

평소 팔자가 기박하다고 종종 자조하던 나도 이런 면에서 보면 어쩜 행운을 타고 난 사람이다 싶다. 예전 직장생활도 보람 있게 잘했지만, 조금 일찍 회사를 그만두고 내 일을 찾아서 한다는 것이 이 나이까지 버티고 있으니 말이다. 요즘 같은 첨단산업 시대에도 공장에서 자동으로 생산하지 못하고 꼭 사람 손을 빌려야만 완성되는 제품군이 있고, 그 일을 또 내가 맡아서 하고 있는데, 이 역시 내 소질에도 어지간히 맞으니 노년 팔자로 이만하면 어찌 더 바랄 일인가 싶다.

그런데 이 점에서 나는 다시 의문이 생긴다.

과연 내가 지금 하는 일을 끝내고 나면 다신 일 같은 건 안 하고 살 수 있을까 하는 물음이 그것이다. 그런데 단언컨대 쉽지 않을 전망이다. 아무리 작은 일이라도 하면서 살아야지 하릴없는 무위도식이란 내 사전에 없을 것이기 때문이다. 그간 우리 가족들에게도 누누이 말해 온 사실이지만 나는 은퇴 후에는 반드시 이 복잡한 도시를 떠나 한가한 곳에 자리 잡아 내 힘에 알

맞은 작은 과업이라도 찾아 일을 하면서 살아갈 것이리라. 사람이 죽는 것을 영면(永眠)한다고 한다. 그저 죽을 때까지 하고 싶은 일을 하면서 살아가다 언젠가 생명이 다하는 날에는 아주 영원한 휴식에 들어갈 터인데 이승에서 그 좀 푹 못 쉬었다고 아쉬워할 필요가 전혀 없을 것이기 때문이다. 그리고 그렇게 열심히 살고 난 뒤 죽으면서 나는 참 잘 살았다고 말할 것이리라. 또 그리고 내 일생을 따라다녔던 일복 또한 나에게 있어선 진정 크나큰 복이었다고 말할 것이리라.

2021년 겨울 어느 날 밤

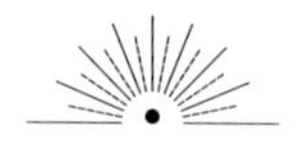

우렁 신랑이면 어때서

요즘 들어 부쩍 아내로부터 고맙다는 소리를 자주 듣고 있다. 예전에는 몇 년 가도 한번 들을까 말까 했던 칭찬도 곧잘 해 준다. 이제 와 내가 조금씩 철이 들어가고 있다고 생각해서 그런지도 모를 일이다.

사람으로 태어나 나이가 들며 행동이 의젓해지고, 더불어 남의 사정을 헤아릴 줄 알게 되면 이를 일러 철이 든다고 한다. 사람은 일평생을 철이 들어가며 산다고 하는데, 개중에는 비교적 일찍 철이 드는 사람도 있지만 나 자신을 놓고 보면 나는 철이 많이 늦게 든 편에 속한다 싶다. 어렸을 때 부모님, 특히 어머님 말씀을 자주 거역해 애를 많이 태워 드렸고, 나이 들어 한 일가를 이루고 난 뒤에도 한동안은 내 아내에게 좀 더 다정하고 대범하지 못했던 점을 돌이켜 보면 정말 그런 것 같다는 판단이다.

난 지금으로부터 40여 년 전 아내를 중매로 만나 가정을 꾸렸다. 그땐 잘 몰랐지만 지금 생각해 봐도 이 사람이 당시 키도 작고 볼품없었던 나를 어떻게 평생 배필로 수용하게 되었는지 불가사의할 뿐이다. 남대문 뒤편 남산 자락에 자리하고 있던 지금은 사라진 도큐 호텔에서 맞선을 본 바로 다음 날 나는 홀로 당시의 회사에서 보내 준 한 달여간의 해외 연수 출장을 떠났는데, 짐작건대 캐나다와 미국 그리고 독일을 거치며 보냈던 엽서 등이 그녀의 마음을 동하게 했던지도 모를 일이다 싶다. 그것도 아니면 그녀에 뒤이어 층층으로 혼사를 기다리는 딸들이 많았던 그 집안 어른들의 성화에 못 이겨 마지못한 선택을 한 것이었던지도 모를 일이다.

이렇듯 연유야 어쨌든 맞선을 본 그해 연말 귀국한 후 채 한 달도 지나지 않았던 이듬해 1월 18일, 우리는 그야말로 전격적인 초고속 결혼식을 올리고 부부의 연을 맺게 되었다. 그런데 정작 그런 고마운 사람에 대해 지난 세월을 통틀어 그리 살갑게 대해 주지 못했던 것은 지금 생각해도 참 마음 편치 않은 일일 뿐이다. 그리고 그건 아마 오랜 세월 각기 다른 환경에서 형성된 서로의 관념 차이를 이해하지 못하고 당시까지 팽배했던 우리 사회에서의 남성 우월적 권위로 아내를 대하고자 했던 나의 전근대적 사고가 제일 큰 원인이었다는 생각이다. 그때의 소견으론 남자로서 그저 밖에 나가 열심히 일해 집안 식구들에게 생활비나 제대로 대 주는 것이 가장 큰 소임이었고, 다른 소소한 가정사 일체는 아내가 다 해 주는 것을 원칙으로 믿었던 것이니 말이다. 요즘의 젊은 층에서는 선뜻 이해하기 어려운 그런 시대착오적인 아집으로 그간 나는 아내와 어떤 견해차가 생길 때마다 거의 내 주장을 앞세웠고, 그럴 때마다 내 아내로서는 거의 속수무책으로 당할 수밖에 없었을 것이리라 싶다. 일상생활에서도 그랬지만 무엇보다 탄탄한 입지를 보장받을 수 있었던 회사를 아내와 제대로 된 상의도 없이 덜컥 그만두고 내 사업을 하겠다고 했을 때 느꼈을 아내의 그 막막함이 과연 어땠을지? 그리고 그 이후 실질적으로 전개된 장기간의 고된 경제적, 환경적인 인고의 세월을 눈물겹게 견뎌 냈던 그녀의 정황들을 지금와 가만히 회상해 보면 못내 가슴이 아릴 뿐이다.

그러나 진실로 사람은 좀 오래 살고 봐야 할 일이다 싶다. 그렇게 막무가내였던 내가 어언 60대 중반을 지나면서 서두에 말한 것처럼 뒤늦게나마 철이 조금씩 들어가고 있는 모양새라 하는 말이다. 어떻게 보면 서서히 철이 든 게 아니고 어느 한순간 불현듯 느낀 바 있어 그렇게 된 것 같기도 한데 특히 오래전 돌아가신 처가 부모님을 회상할 때였던 것 같다. 조실부모했던 나로서 결혼 당시만 해도 장인 내외분을 마치 내 부모님처럼 잘 모셔야겠다고 마음을 먹었지만, 막상 그분들 사후에 회고해 보니 생각과 달리 내가 평소 참 많이 부족했다 싶은 후회가 막심했다. 그리고 불현듯 비록 만시지탄이나 이제부터는 천생배필인 내 아내한테라도 잘 대해줘서 그 빚의 일부라도 갚는다는 심정으로 살아가야겠다는 자각이 생기게 되었던 것이다.

그리고 보니 내가 생각해도 최근 철이 제법 들긴 했다 싶다. 젊었던 시절 무던히 집사람 속을 상하게 했던 속 좁은 처신도 극히 자제할 뿐 아니라, 시키는 일도 군말 없이 잘 들어 주고, 예전에는 쳐다보지도 않았던 집안일 치다꺼리조차 거침없이 해 주고 있으니 말이다. 그러다 보니 주말마다 벌이는 쓰레기 분류와 투기는 기본이고, 매일 저녁 밥상 물리고 난 뒤 설거지도 아주 자주 해 주는 편이다. 설거지까지 해 주는 나를 두고 매번 안 그래 줘도 된다고 말은 하지만 뭐 그냥 선 김에 편하게 해 주는 것도 별로 나쁘지는 않을 것 같아 특별한 경우 외는 계속 그렇게 해 주게 되는 것이다. 나는 나대로 식사 후 운동 삼아 해 주는 것이고, 또 나의 그런 모습을 보고 방금 겉치레로 했던 말과 달리 뒤로는 은근슬쩍 미소 짓는 아내의 모습이 약간은 나를 우쭐(?)하게도 만들어 주니 그 또한 행복한 일로 그야말로 일석이조임에랴! 또 더 하나 예전에는 생각지도 못했던 스킨쉽도 자주 해 주는 편인데 처음에는 민망하게 생각했던 사람이 이젠 기다렸다는 듯 맞받아 주니 이것도 살아가는 재미가 아닐까 싶을 뿐이다. 그러며 생각해 보니 내가 만약 명이 짧아 진작에 세상을 떠났더라면 아마 평생 제대로 철도 안 든 채 생을 마쳤을 수도 있고, 또 이런 글을 쓸 염도 낼 수 없었을 것이리라.

그러나 막상 이런 나도 내 아내와 전혀 거리감을 좁힐 수 없는 문제가 하나 있으니 그게 바로 각기 다른 종교관이다. 그 사람은 신비로운 창조론자인 데 반해 나는 이 책의 초반부에 쓴 글 「신이야 있건 없건」에서도 언급했듯 만물의 생존 원칙에 대해 지극히 합리적인 관점으로 해석하고 싶은 사람이기 때문이다. 그래서 생기는 상호 간 불협화음도 어찌 없을 수 있을까만 그런 문제 때문에 지금 와서 우리의 삶을 불행하게 만들 수는 없는 일이라 서로 슬기롭게 헤쳐 나갈 일만 남았다 싶다. 진화론의 선구자인 찰스 다윈의 아내 엠마는 그 시대적 배경에 걸맞은 신심 깊은 독실한 기독교인이었다. 그러나 평생을 바쳐 다윈을 위해 헌신했고, 특히 다윈 말년 악성 고질병을 앓고 있던 그를 온갖 정성으로 간호하고, 심지어 그의 진화사적 원고 정리마저 열심히 도왔다고 할 정도였으니 우리 또한 그 정도의 신념 차이 정도는 능히 잘 극복해 나갈 수 있을 것이라는 자신감도 그래서 생기는 것이다.

오래전 나의 첫 작품집에서 「연분」이란 글제로 그 첫 장을 꾸몄는데 그 글 마지막을 장식하며 나는 내 아내에 대해 평생 "이쁜 것도 이쁘게 그리고 미운 것도 이쁘게 생각하며 살아갈 것이다."라고 했었다. 그러나 그간 갖은 풍파에 시달리며 힘들게 살아오는 바람에 한동안 까맣게 잊어버리고 있었던 나의 그 예전 맹세가 최근 들어 불현듯 되살아나기 시작해 이제부턴 정말 그런 마음으로 살아가야겠다 싶었다.

사람이란 마음을 한번 바꾸기가 어려워 그렇지 일단 바뀌기 시작하면 그런 심리적 변천도 가속도가 붙는 모양이다. 아내보다 적잖게 연상인 나에게 혹시 무슨 변고가 생길지도 모르는 일이라 재산 관계도 상당 부분 아내 위주로 정리하기로 작정하고 나니 더 마음이 홀가분해지기 시작했으니 말이다. 내 분신이나 마찬가지인 아내이니 아무런들 뭘 그리 안달할 필요도 없다 싶다. 예전 어느 글에서 쓴 적도 있지만 나는 자기 자신의 소중함을 많이 강조하는 사람 중 하나인데 그동안 정작 나의 가장 소중한 아내에게는 별로 그러지 못했다는 후회가 많았었다. 그러나 비록 많이 늦었지만, 이제부터라도 나의 여명을 아내에 대한 배려심으로 충만한 삶을 살아야겠다는 생각을 그래서 더 하게 되는 요즘이다. 반평생 이상을 나를 위해 많은 걸 희생하고 잘 살아 준 고마운 내 아내에게 이제 와 마치 설화의 그것처럼 한 사람 우렁 신랑이 되어 준들 뭐 그리 대단히 억울할 일일 것인가 싶다.

2021년 6월 어느 날

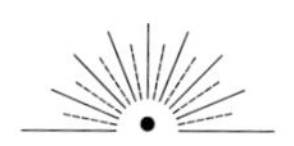

뒤늦게 깨닫는 안분지족

젊었던 시절, 지금은 잘 기억도 나지 않는 어느 한 역술가가 내 사주를 보더니 평생 큰 부자로 살아갈 일은 없을 것이고, 오직 홀로 열심히 노력하는 대가로 살아갈 팔자라고 했다. 하긴

그때만 해도 한창 객기가 살아 있을 때라 그런 말을 듣고도 그저 어느 한 선무당의 흰소리쯤으로 치부하고 웃고 넘어갔을 뿐이었다. 그런데 오랜 세월이 흐르고 난 뒤 지금 생각해 보니 그의 말이 영 엉뚱한 허언은 아니었다는 생각도 든다. 물론 그 역술가의 예언이 지금 와 우연히 맞아떨어졌을 가능성이 더 농후하다는 나의 판단이지만 어쨌든 한눈 안 팔고 죽자 살자 열심히 살아왔던 데 비해 평생 큰돈 한번 모아 본 적이 없으니 말이다. 그리고 또 이 나이에 앞으로 큰 부자가 될 턱도 더욱 없을 것이기 때문이다.

그리고 보면 나는 예전부터 큰 공돈도 못 만져 보았지만 애써 모은 내 돈을 지지리도 못 지킨 사람 중 하나였다. 귀가 얇아 조금 수익성이 있다 싶으면 깊은 생각 없이 쉽게 돈을 투자했다가 나중에 목돈은커녕 본전도 못 건지기 일쑤였고, 마음이 모질지 못해 주위의 어려운 사정에 쉽게 동요되어 돈을 빌려주었다가 아예 한 푼도 돌려받지 못한 일도 몇 번이나 있었으니 말이다. 귀가 얇아 손해를 본 많은 경우가 거래상 사람을 믿고 거액의 선금을 보낸 것이나 주식 등에 대한 투자로 지금껏 멀쩡한 돈을 많이 날려 보았고, 또 마음이 모질지 못해 손해를 본 대표적인 경우가 주변 지인 특히 오랜 친구들에게 빌려준 적지 않은 돈의 허실 때문이었다.

이렇듯 양쪽 모두 내가 고생해서 모은 재산을 헛되이 낭비했다는 과거사는 매우 가슴 아픈 일이다. 그러나 한편 이런 실패담을 좀 냉정하게 고찰해 볼 때 순전히 내 판단 착오로 인한 전자의 경우는 온전히 나의 책임으로 돌리며 비교적 수월하게 체념할 수도 있었지만, 후자의 경우는 사람에 속고 돈도 잃는 이중고로 인한 상처가 더 큰 법이었다. 내가 태어나 처음으로 아무 조건 없이 큰돈을 빌려준 것은 20대 중반의 젊은 나이 때였다. 이른 직장생활을 하며 제법 오래 적금을 쏟아부어 만든 200만원(당시 이 돈이면 부산 변두리의 제법 넓은 공터나 어지간한 작은 주택 하나 정도는 살 수 있었던 금액이었다)을 지금으로 말하면 절친 중 하나였던 오 모 군의 사업자금으로 융통을 해 주었는데, 그동안 한 푼도 돌려받지 못하고 지내다 지금은 아예 서로 연락마저 두절 된 상태다. 그리고 중년기에 들어서는 또 다른 전직 동료인 박 모 군에게 적지 않은 돈을 내 아내도 모르게 어찌어찌 만들어 빌려주었는데, 이 사람 역시 전자의 오 군과 마찬가지로 한동안은 미안해하다 한 20년 전부터는 그 행방조차 알 수가 없으니 참으로 믿을 수 없는 것이 사람의 마음이다 싶다. 예전엔 나도 그들에 대한 서운한 감정을 애써 억누르며 돈이 사람을 속이는 것이지 그들 인성이 부족해서 그런 것은 아닐 것이라는 나름의 자위도 해가며 기다려 보기도 했지만, 이제는 모든 것을 포기하고 살고 있다. 그들 인성의 회복을 기다리기에는 너무 늦은 것 같아서이다.

그런데 내가 생각해도 참 신기한 것은 그렇게 평생 간단없이 이리저리 재산을 뜯기어 가면서도 나는 이처럼 용케 잘 버티며 살아가고 있다는 사실이다. 큰 부자는 하늘이 내려 준다는 말이 있지만 나는 그런 큰 복은 없어도 어찌 그냥그냥 먹고 살 만큼의 작은 복은 있는 모양이다. 그리고 어쩌면 그건 그냥 복이라고 하기보다는 예전 그 역술가의 말처럼 오직 혼자의 힘으로 살아가려고 애써 노력해 온 결과물일지도 모른다. 그리고 이런 상황에 대해 나 또한 어떤 불편함도 불만도 없으니 그게 바로 선인들이 사자성어로 말한 안분지족의 의미가 아닐까도 싶다.

그래서 그런지 최근 실제로 긴긴 인생살이의 종착역으로 달려가고 있는 나에게 더욱 현실적으로 다가오는 화두 중 하나도 바로 편안한 마음으로 제 분수를 지키며 만족할 줄 알아야 한다는 이 안분지족의 정신이다. 이 글의 조금 앞쪽에 실려 있는 "나는 행복한가?"라는 글에서 내가 정작 행복하다고 생각하는 이유로 든 것 중에 하나도 난 어찌 겨우겨우 먹고 살만큼은 되는, 소위 중산층이라는 부류에 턱걸이 정도는 한다는 사실이었다. 물론 내가 여기서 말하는 중산층이란 개념은 공동체 이익에 근거한 서구식의 이상향적 중산층이 아닌 그저 개인의 재산만으로 구분 짓는 지극히 한국적인 중산층을 의미하는 것이다.

하지만 상기한 개념상의 차이는 차치하고 어쨌거나 나이 들어 이처럼 일상생활에 있어 큰 어려움은 없을 정도까지 되었으니 얼마나 다행인가 싶을 뿐이다. 일생 가난을 벗어나지 못한 나머지 청빈낙도(淸貧樂道)를 즐긴다고 너스레를 떨어야 할 만큼 궁핍하지 않음이 다행이고, 그 반대로 재산이 너무 많은 나머지 그 많은 재산을 지키기 위한 수고로움을 덜고, 또 자칫 생길 수도 있을 세간의 각종 구설수에 휘말릴 염려 하나 없음이 또한 다행이니 이래서 시대를 불문하고 안분지족의 평안함을 그토록 칭송해 왔던 것은 아니었을까 싶다. 그럴진대 이제 나로선 그저 죽을 때까지 다른 이에게 신세 하나 지지 아니하고 내 형편에 걸맞게 수수하게 살아가면 더 이상 바랄 것도 없는 일이다. 그러다 형편이 되면 혹시 나보다 못한 타인이라도 좀 도와줘 가며 살면 더 다행한 일일 것이리라. 그래서 다시금 생각해 보면 뒤늦게나마 이런 귀한 안분지족의 성찰을 득하게 되었다는 사실 자체가 내가 진정으로 행복하다고 말할 또 하나의 이유로 추가될 수 있을 것 같다는 생각도 든다.

2020년 11월 어느 날

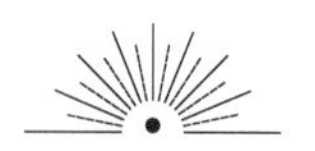

우리 아버지

어렸을 때 여느 부모 이상으로 우리 남매에게 많은 관심과 사랑을 베푸셨던 우리 아버지셨다지만 유감스럽게도 그랬던 그분을 내가 나이 들어가면서 한때 무던히도 원망했었던 적이 있었

다. 그것도 제법 오랫동안….

그런 원망이 혹여나 위대한 심리학자 프로이트가 주장한 오이디푸스 콤플렉스(어머니의 사랑을 독차지하기 위해 아버지를 미워하며 제거하고 싶어 하는….)에 기인한 것이었다면 참 한가할 만큼 다행한 일이었을 것이다. 그러나 전혀 달리 내가 나이 들어가며 그토록 아버지를 원망하게 된 것은 그저 사람만 한없이 좋았지 정작 챙겨야 할 가족들은 제대로 챙기시지 못한 채 일찌감치 생을 마감한 그분에 대한 나만의 소리 없는 아우성이었다고나 할 것이다.

되돌아보면 까마득한 세월이다. 그러니까 60갑자 한 바퀴에 꼭 2년이 못 미친 만 58년 전 어느 날 우리 아버진 세상을 하직했다. 그것도 병든 아내와 아직 어린 자식 둘만 남긴 채였다. 그렇게 세상에서 가장 강력한 나의 지원자이며 보루로만 여겼던 아버지가 떠나시니 채 철도 들지 못한 15세란 나이의 나는 졸지에 한 가구의 가장이 되어버렸다.

젊었을 때부터 기관지가 좋지 않았다고 들었던 우리 아버지였지만 내 기억상 그분은 평생 술과 담배를 달고 사셨다. 일가족 넷이 거주하는 단칸방에서 우리 아버진 밤새 기침을 해 대며 타구에 가래를 뱉어 내놓곤 했는데, 그리고도 아침 눈을 뜨자마자 제일 먼저 찾으신 것은 역시 담배였다. 당시 나는 거의 매일 아침 아버지에게 매달리다시피 제발 술 좀 덜 마시고 들어오시라 애원하곤 했는데, 그럼에도 불구하고 그분은 거의 매일 저녁 술을 탐하셨고, 그 양상은 이후 병석에 드실 때까지 이어졌다.

그리고 본격적으로 병석에 드신 후 얼마 지나지 않아 결국 생을 접고 마셨지만, 그때만 해도 나로선 아버지를 원망하고 말고 할 겨를도 없었다. 물론 학업도 접었지만 세 가족의 생계를 떠맡은 나의 최대 우선 과제는 그저 하루하루 먹고사는 일이었기 때문이었다. 그러다 정작 내가 우리 아버지를 원망하게 된 것은 바로 그 5년 후 그럭저럭 연명하시든 어머니마저 마침내 우리 남매만을 남겨 두고 한 많은 이 세상을 하직한 이후부터였다. 험난한 질곡의 구렁텅이에 요량 없는 식구들만 남겨 두고 가뭇없이 훌쩍 가시더니 결국 어머니마저 그토록 허무하게 떠나게 만든 아버지에 대한 참을 수 없는 원망이 그제야 터져 나왔던 것이다. 그리고 그런 원망은 내가 성인이 되고 또 가정을 이룬 후에도 쉽사리 사그라지지 않고 면면히 이어지고 있었다.

그런데 그 무슨 아이러니였을까?

언젠가 불쑥 난 아버지를 감히 용서하고자 하는 생각이 들었다.

지금도 어머니란 말은 언제나 나에게 가득 연민으로 다가온다. 그저 가슴이 아릴 뿐이다. 그런데 어느 날부턴가 돌연 아버지란 말도 나에게 연민으로 다가왔다. 왈칵 눈시울이 뜨거워졌다. 하나 있는 아들이라고 어지간히 대견스럽게 생각했던 내 아버지다. 당시 귀한 생선조림이 밥상에 오르면 간이 든 무가 더 맛있다는 너스레로 정작 맛있는 생선 살은 우리 남매에게 통째 양보하시곤 했던 내 아버지다. 초등학교 시절 아버지가 애지중지하던 짐 자전거로 연습을 하다 덜컥 어딘가에 받혀 크게 흠집이 났는데 그냥 몰래 제자리에 갖다 두었던 일이 있었다. 적잖게 혼날 각오를 하고 있었는데 며칠이 지나도록 종래 아무 말씀이 없으셨다. 당신이 그때 그렇게나 아끼시던 자전거에 생긴 흠집을 왜 몰랐을까? 또 한 번은 아버지 타계 후 어느 공사장에서 우리 아버지를 잘 안다는 한 배관공을 알게 되었다. 우리 아버지는 부산의 관공서 등에서 수도 배관 공사를 하청받아 일감으로 삼았는데 그때 그 사람이 같이 일을 했다고 하며 우리 아버지 별명이 "잣대"라는 말도 해 주었다. 공중에 연결해야 할 배관부위가 있을 때 우리 아버지는 지상에서 눈대중으로 대충 보고 바닥에 금을 그어서는 거기에 길이를 맞춰 파이프를 절단해 올려붙이는데 그 치수가 희한하게 맞아 들어가는 것을 보고 남들이 부쳐 준 별명이라는 것이었다. 아마 그때 이미 우리 아버지께서는 나름 남들이 부러워할 만한 재주를 갖고 계셨던 모양이다. 곰곰이 생각해 보면 그간 내가 사업상 고안하여 보유한 발명특허와 실용신안이 제법 되는데 이런 어쭙잖은 재주도 결국 내 아버지의 재주를 이어받았기 때문이 아닐까도 싶다. 아버지가 없는 아들, 자식이 없는 아버지를 어찌 상상할 수 있을까? 무자비한 일제 억압하에서의 고달픈 생활과 해방 후 참담했던 6·25 동란을 몸소 겪으며, 맨정신으로 버텨내기 힘들었던 당시 시대적 상황에 따른 아버지의 고통을 이해해 드려야겠다 싶었다. 지금 나의 생을 있게 한 우리 아버지를 그저 순수한 진심으로 이해해 드려야겠다 싶었다.

이 책의 뒷부분에 나올 「제사 간소화에 따른 소고」에서도 언급이 될 내용이지만 최근 나름 시대적 추세와 내 가치관에 맞춰 나는 부모님 제사를 일 년에 딱 한 번만 모시기로 했다. 그런데 그 날짜를 어머님 기일에 맞추었는데 아버지께서 생전에 무던히도 고생시키셨던 어머님을 사후세계에서는 떠받들 듯 해 주십사라는 나의 바람 때문이기도 했다. 사후세계에서일지언정 그렇게 함으로써 아버지는 아버지대로 체면을 살리고, 어머님도 이승에서의 사무친 모든 원망을 접고 아버지를 고통 속에서 풀어 주셨으면 하는 원을 담은 나의 소망이다. 과학적인 합리적 관점에서 비록 나는 그러한 세계의 존재 자체를 쉽게 믿고 싶지는 않지만 말이다…….

2021년 4월 어느 날

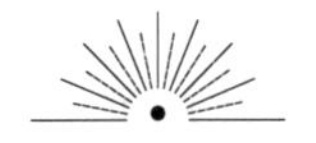

연상의 여인

어릴 적 나는 손아래로 달랑 여동생 하나뿐인 남매로 자랐는데, 당시 어린 마음에 손위 누나를 둔 친구들이 많이도 부러웠던 기억이다. 남자 형제들이 많은 집안에는 다툼도 잦은데다 고압적인 형들 때문에 힘들어했지만, 무슨 일이든 다정다감, 알뜰살뜰 잘 챙겨주는 누나를 둔 친구들은 언제나 만족해했고, 때로는 오히려 저가 누나에게 달려들기도 하는 등 기세등등했기 때문이다. 하긴 나도 4촌 누나가 둘이나 있긴 했었지만 멀리 떨어진 곳에 사는 데다 함께 만날 수 있는 기회도 자주 없었으니 당시로서는 별무소용이었다 할 것이다.

그런데 이런 나에게 사춘기 즈음하여 비록 남이지만 마치 친누나처럼 정겹게 대해 준 사람이 둘이나 생겼으니 한 이는 어느 회사의 간호사였고, 또 한 이는 같은 마을에 살면서 나에게 어지간히 살뜰히 대해 주던 분이었다. 그래서 지금도 나는 가끔

가물어져 가는 기억을 다독거리며 그 시절을 아득히 회상해 보곤 한다. 그때 그분들을 대할 때 내가 느꼈던 조금은 두렵고, 가슴 떨리고 즐거웠던 그 기억을 말이다.

당시 부산에서 이름만 대면 알만한 어느 큰 회사의 양호실 간호원으로 근무하고 있었던 성이 강 씨로 기억되는 그 첫 번째 누나는 일주일에 한두 번씩 꼬박꼬박 범일동에 있던 우리 집에 와 주었는데 마침 결핵을 앓고 계시던 우리 어머님께 약명이 "스트렙토마이신"으로 기억되는 주사를 놓아주기 위해서였다. 그리고 주기적으로 "파스"나 "나이드라짓드"라는 이름의 약을 갖다주기도 했다. 회고해 보건대 그녀가 그 수고스러운 일을 얼마나 흔쾌히 생각하며 해 주었는지는 지금도 잘 모를 뿐이다. 그녀의 헌신적 행위가 당시 우리 어머니의 외가댁 어른으로 그 회사 고위직의 특별부탁하에 이루어진 것이었기 때문이었다. 그러나 어쨌든 나의 어머니께서는 돌아가실 때까지 항상 그녀에 대해 무한한 고마움을 간직하고 계시다 가셨다. 그리고 덩달아서 우리 남매도 그녀에게는 남다른 친근감을 느꼈고, 특히 사춘기 초입의 나는 그녀를 누나라고 부르며 몹시 따랐다. 그 누나가 깨끗한 양장에다 주사기 등을 담은 가방을 다소곳이 끼고 누추하기 짝이 없던 우리 가족 셋이 사는 단칸 판잣집을 찾아올 때마다 나는 말할 수 없는 부끄러움을 느꼈다. 그러나 다른 한편 그런

누추한 곳이나마 싫은 내색 하나 보이지 않고 찾아주던 그 누나를 기다리는 마음도 점점 깊어졌다. 그즈음 나에게 있어서 나이팅게일을 연상케 하는 그 백의의 천사를 대한다는 사실은 말할 수 없는 기쁨이요, 일종의 두근거림이기도 했던 것이다.

전술한 강 씨 누나 외 또 한 사람의 누나는 바로 우리 마을에 같이 살았던 충청도 아가씨로서 버들 유(柳)씨 성을 가졌던 무척 인자한 풍모의 이층집 할아버지 딸이었다. 당시 그 이층집 주인이셨던 유 씨 할아버지는 우리에겐 참으로 큰 은인이셨다. 우리가 바로 앞서 전술한 바의 간호원 누나가 찾아왔던 그 판잣집에 살다가 부득이 집을 옮겨야 할 일이 생겼는데 다른 이웃 집주인들은 결핵 환자였던 내 어머니를 의식해 모두 셋방 주기를 꺼렸지만, 그런 우리를 가엾게 여기신 그분은 아무 거리낌 없이 자기 집 2층에서 살 수 있게 해 주셨기 때문이다. 그땐 어려서 그저 그랬거니 했는데 지금 회고해 보면 그 고마움을 어떤 말로 다 표현할 길이 있을까 싶다. 또 그런 고마운 분에게는 딸이 둘 있었는데, 두 사람이 모두 나한테는 무척 자상스럽게 대해 주었지만 그래도 나는 얼굴도 예쁘고 나한테 더 많은 관심을 가져 준 동생 편을 더 좋아했다. 얼굴만큼 마음 또한 다정다감했던 그 누나는 나를 마치 친동생 대하듯 해 주었고 나 또한 친누나처럼 좋아하며 따랐다. 그리고 어쩌다 시간이 날 때면 우리들은 종종 그 집 앞에 의자를 놓고 앉아 밑천이 빤한 짧은 지식으로 인생을 이야기하곤 했다. 때로는 그녀가 나에게 노래를 가르쳐 주기도 했는데 아마 유행가 같은 것이었다는 기억만 날 뿐이다. 그땐 뭣을 잘 몰랐지만 어쨌든 나는 그 누나와 함께 있는 시간이 무작정 그렇게 좋을 수가 없었다. 특히 당시만 해도 부산 지방에서는 잘 들을 수 없었던 사근사근한 충청도 말씨가 더없이 정겹게 들려 더욱 좋았었다.

그러나 사람의 인연이란 만남이 있으면 이별 또한 있는 법이다.

첫 번째의 강 씨 누나와는 그 누나의 지극한 보살핌에도 불구하고 우리 어머니께서 별세하신 것을 끝으로, 그리고 유 씨 누나와는 내가 직장을 찾아 울산으로 거처를 옮기는 것이 계기가 되어 차츰 만나는 일이 줄어들다 종래 더 이상 볼 수가 없게 되었다. 언젠가 한 번 부산에 갔다가 주위 어른들로부터 유 씨 누나의 결혼 이야기를 들은 나는 그만 실망스러운 마음에 그날 저녁 무슨 말끝엔가 그 누나에게 버럭 심술을 부리고 말았다. 그러자 깜짝 놀란 그 누나는 "어머, 쟤가 오늘 왜 저래?"라며 몹시 안타깝고 서운해했다. 그리고 아마 그날을 끝으로 더 이상 영영 만나지 못하게 되고 말았다 싶다.

가끔 그때 내가 그 두 분 누님들에게서 느꼈던 그런 애틋한 감정이 모종의 간절한 애정의 갈구 같은 것은 아니었을까 하고 생각해 본다. 가능하지도 않고 또 조금은 막연하지만, 나를 잘 아는 연상의 여인으로부터 어떤 관심과 보살핌을 받고 싶어 하는 유치한 피지배 욕구 같은 것도 있었을 것이리라. 그리고 또 한편 그것은 그즈음 막 움트기 시작한 내 사춘기 연정의 발로가 아니었을까 하고도 생각해 본다. 매우 유치하고 한없이 부끄러울 뿐인, 그러나 싱그럽기 그지없는 사춘기의 어설픈 로망 같은 것 말이다.

그러나 그런 연상의 여인들에 대한 나의 일방적인 연정이 한갓 일시적인 해프닝이었다고로만 볼 수 없는 것이 그러한 부끄러운 사연들을 겪으며 이성에 대한 내 관념이 많이 다듬어졌다고 할 수 있기 때문이다. 그 두 분 누님들에 대한 나름 나만의 고상한 사랑의 감정은 이후 나에게 혈기 넘치는 젊은이로서의 맹목적인 육체적 사랑에 앞선 지극히 정신적인 사랑(플라토닉 러브)의 소중함을 가르쳐 주었기 때문이다. 오랫동안 홀로 객지에서 외롭게 살아가면서도 쉽게 방탕에 휩쓸리지 않을 수 있었던 것도 아마 그런 사념의 바탕 하에서 가능했을 것이리라 싶다.

그리곤 오랜 세월이 흘렀다.

간간이 지인들과 어울려 노래방 같은 곳에 가게 될 때 내가 가끔 부르는 애창곡이 하나 있으니 그 제목이 다름 아닌 "연상의 여인"이란 가요다. 내가 왜 하필 이 노래를 좋아하게 되었는지 쉬 설명할 수는 없지만, 그건 분명 내 사춘기 시절에 있었던 두 분 누님들과의 아릿한 사연에 기인한 것이 아닌가 짐작할 뿐이다. 그리고 다시금 생각해 본다. 앞으로 혹시 내 나이가 더 들어 옛 기억이 크게 상실되더라도 내가 이 노래를 계속 애창하게 된다면 그건 당시 품었던 그 두 분 누님들에 대한 나의 애틋한 심사가 그만큼 크고 깊었다는 뜻일 거다. 또 그건 그들에 대한 내 아름다운 추억의 그림자가 반백 년도 더 지난 오랜 세월 속에서도 여전히 하나 사라지지 않은 채 나의 깊고 깊은 잠재의식 속에서 면면히 똬리를 틀고 있다는 증거일 터이다.

2020년 낙엽과 함께 걸었던 어느 가을날

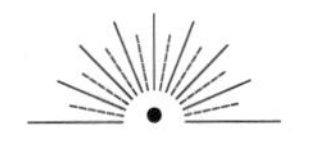

의동생 두리

내가 두리를 만난 것은 지금으로부터 50여 년도 더 전인 1966년 울산의 어느 비료공장(한국비료) 공사 현장에서였다. 그때만 해도 우리나라의 경제력은 참 보잘것없는 실정이어서 당시 동양 최대 규모라는 그 비료공장 하나를 건설한다는 것은 온 나라 국민들의 관심을 불러일으킬 만큼 대단한 사업이었다. 돌이켜 보면 그 건설공사는 규모 면에서도 대단했지만, 만 일 년이라는 전무후무한 짧은 공사 기간과 아울러 동원된 인력 면에서도 당시로서는 상상을 초월할 만큼 엄청난 수준이었다. 그래서 울산 시내의 일정한 직업 없는 사람들을 물론, 주변의 여타 시골 지역에서조차 남녀노소를 가리지 않고 하루 품을 팔기 위해 구름처럼 몰려들었다.

11월 초겨울이었다지만 넓디넓은 황량한 공사장에 불어 닥치는 바람은 살을 에듯 하던 어느 날이었다. 그 매서운 찬 바람 속에 보자기로 양 볼때기를 볼끈 감싸고 뭇 아주머니들 틈새에 끼어 일하고 있던 자그마한 소녀 하나가 내 눈에 띄었다. 공사장에서 쓰던 목재의 못을 뽑아내 정리하던가 주변 정리를 하고 있었는데 기특하다 싶었지만, 어찌 마음이 안쓰러워 다가가 물으니 성은 "ㅎ"이고 이름은 "두리"라고 했다. 그 전 해 초등학교를 졸업한 후 어려운 집안 형편 때문에 중학엘 못 가고 공사판에 나와서 어른들과 함께 일을 하고 있다고 했다. 그런데 이상하게 그 아이를 볼 때마다 당시 부산에서 병환 속의 어머니를 모시고 외롭게 살아가고 있던 내 동생 마리아(어찌 둘이 나이도 얼추 같았다)의 모습이 중첩되며 이래저래 마음 쓰려 옴을 감당하기가 어려웠던 기억이다.

그런데 그런 나의 연민의 정 때문이기도 했겠지만, 가까운 곳에서 매일 얼굴을 대하는 처지라 짧은 기간 내에 그녀와 나는 누가 먼저라고 할 것도 없이 가까워졌다. 그리고 그녀는 나를 오빠처럼 따랐고 나도 그녀를 마치 동생처럼 생각하며 듬뿍 정을 베풀었다. 그래서 나는 그녀가 나에게 오빠라고 불러 주기를 바랐으나 어쩜 쑥스러워 그랬던지 한 번도 그렇게까지 불러 주지는 않아 나의 애를 태웠다. 그러나 두리를 매일 대할 수 있다는 것만으로도 나는 기쁨을 느꼈고, 어쩌다 하루라도 내 눈에 보이지 않을 때가 있으면 혹시나 그녀 신상에 무슨 일이 생겼을까 하는 걱정이 앞서기도 했다.

그러구러 세월은 흘렀다. 무척이나 바빴지만, 낭만적이기도 했던 시절도 잠깐이었고 어느덧 공사는 마무리되고 나는 그녀의 집이 약사동이라는 곳에 있다는 얘기만 전해 듣고는 기약 없이 그녀와 헤어지게 되었다. 지금 같았으면 밖으로 데리고 나가 짜장면이라도 한 그릇 사 주며 아쉬움을 달래 줄 수도 있었겠지만, 그때의 나는 어찌 그리도 숙맥이었던지 그냥 그렇게 헤어졌다. 그렇지만 솔직하게 말해서 그때까지만 해도 나는 그 아이와 헤어진다는 것에 대해 "어쩌다 만난 인연이지만 정말 아쉽구나…. 그러나 내 힘으로는 어쩔 수가 없지…."라고 생각할 정도로 지극히 운명적이고 체념적인 감상밖에 지니지 못했던 것이 사실이었다. 그래서 그녀와 헤어지고 난 얼마 후부터는 내가 언제 그런 일이 있었느냐는 듯 까마득히 잊어버렸던 것이었다.

그런데 그 후 몇 년이 지난 어느 날이었다.

봄볕이 정겹도록 따스했던 어느 하루, 나는 시내의 한 문구점에 들렀다가 내 옆에서 무엇인가 열심히 뒤지고 있던 아가씨 하나를 보게 되었다. 곁눈질로 훔쳐본 그녀의 얼굴이 어딘가 많이 본 것 같다는 느낌이 든 순간 얼핏 그녀도 고개를 돌렸다. 그리고 곧바로 마주하게 된 나와 그녀의 얼굴이 동시에 놀라움과 반가움으로 뒤범벅이 되었다. 나와 정면으로 얼굴을 마주하게 된 그녀는…. 세상에, 그녀가 두리일 줄이야…. 그 어찌 상상이나 하였던가!

그동안의 잊고 있었던 몇 년 사이에 두리는 너무나 성숙해져 있었다. 괴죄죄하고 어린 티가 물씬하던 몇 년 전의 모습은 전혀 찾아볼 수 없는 마치 달덩이 같은 환한 처녀가 되어 있었다. 엷은 앵두빛깔을 띤 블라우스를 살짝 걸친 맵시와 부끄러움에 발갛게 물든 그녀의 얼굴 모습이 마치 봄 훈기에 어울려 아지랑이를 타고 올라가는 천사의 모습처럼 아름답게 보였다. 정말이지 극히 순간적이었다고 할망정 나는 말할 수 없는 벅찬 가슴으로 한동안 멍- 하니 그녀를 황홀하게 바라다보았다. 뒤이어 "아이구! 오빠 아입니꺼?"라는 그녀의 물음에 청년이 다 된 나는 그만 숨이 턱- 하고 막히는 것을 느꼈다. 그리고 나는 할 말을 잃었다. 그 짧은 찰나였지만 나는 내가 그녀에게 어떻게 대해야만 할 것인지 안절부절 묘안을 찾기 위해 노력해야만 했었다. 그러나 일단 그렇게 해서 다시 만나게 된 우리는 예전보다는 훨씬 성숙한 오빠 동생이 되었다. 또 예전보다 만나면 그 정감이 더 커지는 것을 느낄 수 있었다. 그때 막역한 내 친구였던 홍성근 군도 그녀를 마치 친동생처럼 대해 주며 한동안 잘 지내게 되었다. 그러나 그처럼 아무리 극적인 재회를 했고 나로서는 마치 남매처럼 잘 지내고 싶다고 했지만 우리는 또다시 헤어지게 되었는데 그 배경에는 역시 나이 들어 혼기에 슬슬 다가가는 두리에 대한 그 집안에서의 우려가 가장 큰 원인이 아니었던가 싶다.

어느 을씨년스러웠던 초겨울 저녁, 한번은 불쑥 그녀가 내 자취방을 찾아왔다. 울산 시내에 나왔다가 너무 늦어 무서워서 집에 못 갈 것 같아 찾아왔다고 했다. 창졸간에 찾아온 그녀를, 그러나, 반갑게 맞아 이런저런 이야기를 하는 중에서도 내 머리는 온통 도대체 어떻게 이 난관을 극복해야 할 것인지를 생각하느라 분주하였다. 그때의 형편으로 봐서 나에게는 내가 그녀를 자기 집까지 데려다준 후 통금이 되면 그녀의 집에서 유하던가, 아니면 내 자취방에서 같이 밤을 새우던가 그것도 저것도 아니면 그녀 혼자 차를 태워 억지로 보내는 세 가지의 방법이 있었다. 그러나 아무리 생각해도 첫째와 둘째 방법은 문제가 있다고 생각했다.

그녀의 이야기를 연방 건성으로 받아넘기며 온갖 상상의 나래를 펴던 나는 결국 좀 모질지만, 마지막 세 번째 방법을 택하기로 했다. 아직 한참 젊은 나이로 앞으로 배우고 또 익혀야 할 일이 태산 같았던 나로서 그녀 집안이나 내 주위 사람들로 하여금 본의 아닌 판단 착오나 오해를 불러일으키게 하지 않기 위한 나만의 고육지책이었던 셈이다. 그리고 싸늘한 한기가 그지없이 엄습해 오던 그날 밤, 나는 혼자 가지 않으려는 그녀를 서둘러 막차로 태워 보냈다. 막차가 떨어지는 시간이 밤 열 시 반쯤이었던가 했었는데 뛰다시피 버스정류장에 도착하니 출발시간을 채 5분도 남기지 않았을 때였다.

그러나 그녀를 바래다주고 나 혼자 돌아오는 귀갓길은 말할 수 없는 온갖 상념이 혼재된 한숨의 길이었다. 그리고 그날 밤, 밤이 새도록 나는 나의 모진 행동에 대한 자책감으로 몸부림쳐야만 했었다. 나중에 어떻게 되든 내가 그녀를 자기 집까지 데려다주어야 하는 것이 도리였을 것이라 생각했기 때문이었다. 그 뒤에 알게 된 일이었지만 그 날밤 두리는 버스에서 내려 집까지 걸어서 가는데 무서워서 혼이 났다고 했다. 그때도 낯이 뜨거웠지만 지금 생각해도 참 어리석은 짓을 했다는 생각이다.

그리고 그 일이 있었던 다음 해 초가을 어느 날 우리는 영원히 헤어졌다. 코스모스가 한길 가를 지천으로 채우며 하늘거리던 어느 토요일 오후, 퇴근 차를 기다리겠다고 하던 그녀의 전화에 어물쩍하게 대답하고, 결국 나는 그 자리를 그냥 지나쳐 버리고 말았다. 그것으로 우리는 더 이상 한마디 말도 없이 헤어졌다. 철없이 만난 남남끼리의 한 의남매가 서로 간의 상대적 자리마저 제대로 메우지도, 확인하지도 못한 채 말이다.

그 후 몇 년이나 더 지났을까?

늦깎이 대학 2학년을 막 시작할 무렵 군 소집영장을 받은 나는 공교롭게도 두리집 마을을 포함하는 울산의 병영출장소에서 방위소집으로 병역을 치르게 되었다. 내가 그때 그곳에서 한 일은 출장소 관할의 병역업무를 보조해 주고 틈이 나면 호적 관계 일도 도와주곤 하는 것이었다.

두리집 마을로 들어가는 입구를 바라보며 매일 출장소를 드나들던 나의 마음은 언제나 착잡했다. 그때쯤 두리는 나를 깨끗이 잊어 버렸을지 모르지만 은밀한 나의 마음 한구석에는 항상 두리에게 지워 준 아픈 마음의 상처가 도사리고 있었기 때문이다. 이제 와 나로서 어떤 것 하나 바꿀 수 없는 줄 뻔히 알면서도 그녀의 현재의 모습, 현재의 처지에 대한 궁금증은 더 물밀듯이 밀려오기 시작했다. 그렇게 눈덩이처럼 불어만 가는 그녀의 근황에 대한 안타까운 심사를 주체할 수 없었던 나는 어느 날 마침내 그녀의 행방을 한번 찾아보기로 했다. 그리고 그런 제일 손쉬운 방법은 호적을 조사하는 것이었기에 시간을 내어 그녀의 호적을 뒤지기 시작했다. 호주의 이름을 모르니 그 동네의 ㅎ씨 성을 다 뒤졌다. 그리고 며칠 후 드디어 나는 꼬질꼬질한 호적 갈피의 한구석에서 "ㅎ斗里" 라는 그녀의 이름을 찾을 수가 있었다. 정녕 귀에 익은, 정답고 아름다운 두리의 이름을 발견한 순간의 그 반가운 심정을 지금 나는 여기에서 어떻게 표현해야 할지 알 수가 없다.

두리야 네가 여기에 있었구나…. 내가 정녕 너의 이름을 찾아내다니….

나는 두근거리는 마음으로 소리 내어 그녀의 이름을 읽어보았다. 그 이름 위에 아련히 두리의 얼굴이 투영되어 나를 바라보고 있었다. 웃는 모습으로, 그러다 곧 원망 어린 슬픈 눈망울의 모습으로…. 그리고 순간 그녀의 이름 위에 선명하게 그려진 바알간 열 십자 하나…. 그 찰나 두리의 망설이던 얼굴도 서서히 자기 이름 뒤로 사라지고 있었다. 지금 기억이 잘 나진 않지만 서울 어디엔가에 시집을 간 것으로 되어 있었는데 두리가 시집가던 날, 그녀는 무슨 생각을 했을까? 쓰잘 것 없는 궁상들이 줄을 이었다.

그 후 살아가면서 항상 내가 물음표를 던져 왔던 질문 하나….

남녀 간에 진정한 우정은 없는 것일까? 많은 이들이 있을 수 있다든가 혹은 그럴 수는 없다고 하든가 해서 이론이 분분하다. 그러나 나는 분명 남녀 간의 우정도 존재할 수 있다고 생각한다. 마찬가지로 남남끼리의 사이에서도 분명 남매간의 정은 느낄 수 있다고 생각한다.

헤어진 지 50년이 더 지난 지금도 나는 가끔 두리를 그리워한다. 내 나이 열아홉, 그녀 나이 열네 살에 처음으로 만나 비록 어른들의 우려와 나의 지나친 경계로 관계가 끊어졌다고는 하나 내가 가지고 있는 두리에 대한 우애에는 지금껏 변함이 없다. 아마 지금 만나면 이제 굳이 남녀 간의 연정 같은 건 따질 나이가 아닐지니 더더욱 그 정이 각별하지 않을까 싶다. 지금이 세상 어디엔가 살고 있을 두리에게 타는 가슴으로 나의 아쉬움을 전하고 싶고 또한 예전의 나의 몽매한 어리석음을 진정으로 사과드리고 싶을 뿐이다.

2021년 코스모스가 흐드러지던 늦가을 어느 날

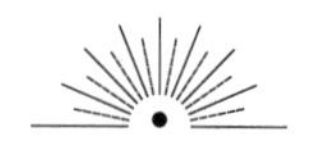

행복한 70대

근 30여 년 전 나의 첫 작품집이었던 『잡초의 삶 그리고 꿈』에서 「행복한 40대」란 글제로 작품을 꾸민 적이 있었다. 그랬던 내가 지금 와 다시금 「행복한 70대」란 글을 또 쓰려니 약간 멋쩍기도 하지만 막상 지나간 30년이란 짧지만은 않은 시공간을 뛰어넘어 다시 한번 우리 세대에 관한 내 감상을 피력해 보는 것도 나름의 의의는 있을 것이라는 판단에 결국 필을 들게 되고 말았다.

그런데 참으로 신기한 것은 40대 중반의 나이에 밝혔던 당시 행복에 대한 나의 견해가 70대 중반에 든 지금도 거의 변함없이 일치하고 있다는 사실이다. 그래서 다소 무의미한 재탕 글쓰기가 될지도 모를 일이지만 그때 그 글을 쓴 이후 변화무쌍하고 지난했던 기나긴 세월을 살아오면서도 여전히 행복하고 또 행복해야만 할 우리 세대에 관한 나의 심중 소회를 밝히기 위해서 예전 글에 중언부언 덧붙여 보았다.

다시금 회고컨대 내가 40대에 그 글을 쓴 이후 참 세상은 바뀌어도 너무 많이 바뀌었다. 그리고 이처럼 마치 딴 세상이 된 듯 변해 버린 현실 속에서 바라다본 지난날의 기억은 그저 신기루인 양 아득하고 칠십 평생을 마치 기나긴 터널 속을 정신없이 달려 온 것 같은 느낌이다. 가없는 우주론적 관점에서 보면 별 것 아닌 순간적 시간이겠지만 생물학적인 관점에서 보면 결코 짧지 않은 긴 세월이었음은 틀림없는 사실이다.

주위에서 나름 편히 사는 사람을 두고 우리는 흔히 잘 먹고 잘산다고들 한다.

실질적인 행복의 기준을 이처럼 순진하게 딱 잘라 말할 수는 없는 바 무병장수로 천수를 다 누리고 살거나, 평생 부자로 온갖 풍요를 다 누리는 것, 그리고 명예롭게 살던가 후손들을 훌륭하게 잘 길러낸 것 등등 외 여러 가지일 것이다. 하지만 기실 이 모두를 함께 공유하기란 여간 어려운 일이 아니고 역사상으로도 그 모든 것을 소유하고 살았던 사람들은 일부 제왕이나 그에 버금가는 층의 극소수에 불과했다고 할 것이다. 그리고 그런 유의 특수층을 제외한 많은 우리 선조들의 삶은 일평생 촌각의 여유도 없는 힘든 노동과 초근목피의 기아에 시달리며 평생을 살았음은 우리의 역사가 증언하고 있는 엄연한 사실이라

할 것이다.

그런데 이젠 그만 세상이 바뀌었다. 지금 세상에는 일반인들도 얼마든지 예전 상류층이나 누리던 그런 호사를 누릴 수 있는 바, 이는 정말로 시대가 달라졌기 때문에 가능한 일이 되었다. 초근목피란 단어는 전설 속 이야기로 바뀌었고 한갓 천생(賤生)도 벼락부자가 될 수 있고 벼락감투도 쓸 수 있는 세상으로 바뀌었다.

행복의 가장 기본이랄 수 있는 장수 문제만 해도 그렇다. 정작 우리가 40대였을 당시만 해도 우리 세대가 지금처럼 건강하고 활력있는 70대를 살아갈 수 있을 것이라고는 차마 장담치 못했던 일이었다. 그러나 비약적인 현대의술의 발달은 나이는 속일 수 없을 것이라며 체념하던 우리 세대에게 이름하여 100세 시대를 다 누리게 해 주었으니 이 얼마나 감복할 일인지 모를 정도다. 개인적으로 나 또한 근년 약간의 뇌경색 증상이 있었고, 올해 초에는 코로나 감염 등으로 예전 같으면 진작 수족을 못 쓸 수도, 생을 달리했을 수도 있었겠지만 뛰어난 현대의술과 장비의 도움으로 아무 탈 없이 회생한 후 여태껏 건강하게 지내고 있음에랴!

그리고 이처럼 우리 70대가 여태 건강하게 장수하고 있다는 사실 외에 안정된 국가 체계 안에서 비교적 생존에 대한 위협

없이 먹고 사는 문제 따윈 별로 걱정할 필요가 없게 된 것도 내가 생각하는 행복의 기준 중 하나이다. 정작 우리와 겨우 십 년 터울인 80대만 해도 우리 70대보다는 훨씬 더 긴 가혹한 고난과 궁핍의 세월을 겪었던 것은 익히 알려진 사실이기 때문이다. 이를테면 우리는 80대가 겪었을 포악한 일제의 만행과 6·25 동란의 공포 등을 적나라하게 느껴보지도 못했을 뿐만 아니라, 우리의 청소년기쯤에 이르러서야 어찌어찌 일반인들의 입에 근근이 풀칠이라도 제대로 할 수 있게 되었던 것이니 말이다. 더구나 우리 70대는 이전 세대가 꿈도 못 꾸었던 국가 발전과 문명의 혜택을 제대로 누리게 된 첫 세대이기도 하다. 나의 대학 수학 당시인 1970년대 초반, 일본에서는 직장에서 일하는 젊은 여성들조차 자신의 차를 직접 운전하고 다니며 그 때문에 많은 기업체들이 주차장 마련에 곤혹스러워 한다는 상상조차 어렵던 소릴 들으며 적잖게 놀라고 부럽게 생각했던 적이 있었다. 그리고 그 바로 지척의 나라인 대한민국에 사는 나는 과연 내 평생 그런 호사를 단 한 번만이라도 누려보기나 할 수 있을까 하는 절망감에 휩싸이기도 했었다. 그러나 그 무슨 영적 조화였을까? 전무후무한 이 나라의 산업발전에 힘입어 졸업 이후 불과 십수 년 만에 마치 꿈처럼 나도 내 자가용(비록 중고차였다지만)을 탈 수 있게 되었으니 지금도 그 감격을 쉬 잊을 수가 없을 지경이다.

한편 예전 글인 「행복한 40대」에서 나는 지난 우리 윗세대뿐만이 아니라 우리 아래 세대들보다 우리가 더 행복하다고 말했었다. 그리고 그 가장 큰 이유로 급변하는 기계 및 정보과학의 발달에 의한 개인주의 및 이기주의의 팽배에 따른 인성의 변질 및 상호 신뢰감 상실을 들었었다. 그러나 지금 와 다시 생각해 봐도 우리 후세들에 대한 나의 우려는 여전하다. 기껏 도스 환경과 플로피디스크 상에서 움직이던 나의 40대 때와는 숫제 비교 불가할 정도의 막강한 정보처리 능력과 장비로 첨단화된 지금 나의 그러한 우려는 더욱 커졌다는 생각이다. 무엇보다 환경오염으로 인한 지구 황폐화에 더해 걷잡을 수 없이 폭증해 가는 세계인구 증가에 따른 자원 부족과 치열한 경쟁에 따른 개인 및 이기주의는 더욱 심화될 것이기 때문이다. 또 부단한 개인정보 노출과 빅데이터의 남용에 따른 부작용으로 막상 인간이 기계의 부림을 받는 현대판 동물농장에서 살아가야 할지도 모를 암담한 상황들이 우리 이 후세들의 앞날에 자칫 어두운 그림자를 깊숙이 드리우고 있기 때문이다.

그리고 보면 우리 세대는 아마도 지구적 아름다움을 누리는 마지막 세대가 될지도 모른다. 여기서 내가 말하는 지구적 아름다움이란 오염되지 않은 깨끗하고 아름다운 자연과 더불어 살며 싸움을 벌이든 지지고 볶든 사람과 사람 간의 교류로 문제를 해결하는 지극히 인간적인 모습을 말하고자 하는 것이다. 지금 처럼 꾸준히 지구온난화가 지속되더라도 아마 우리 세대가 죽을 때까지는 어찌어찌 이 지구 환경은 그럭저럭 버텨 줄 것이고, 전 지구상 자원이나 식량 등도 그런대로 자급자족은 될 것이며, 주위 지인들과 함께 인간적 유대를 이루며 잘 지내 나갈 수도 있을 것이리라. 그리고 또 어떠한 문제 해결과 외로움을 탈피하기 위한 빌미로 굳이 인공지능이나 가상 인간 따위와 긴히 교류할 필요도 없을 것이다. 그리고 더 나아가 자칫 언젠가는 다가올지도 모를 외계인의 침입이나 또 다른 천재지변에 기인한 지구 둠스데이의 그날도 최소한 우리 세대의 삶이 다할 때까지는 분명 도래하지 않을 것이리라.

이상과 같은 이런저런 많은 사색의 결과 종래 내가 내릴 수 있는 결론이란 결국 지금 이 시대를 살아가는 우리 70대들이야말로 이 나라 역사상 가장 행복하고 값진 세상을 살아가고 있다고 감히 자부하고 싶다는 것이다. 비록 위, 아래의 양 세대에 끼인 소위 낀 세대라지만 지난 세월의 아날로그적 사회환경을 오롯이 겪어 왔고, 반면 현재와 같은 새로운 디지털 환경의 세상 속에서도 크게 구애받지 않고 더욱이 의식주에 대한 걱정 없이 장수하며 온갖 물질적, 시간적 풍요를 다 누리며 편하게 살아가는 우리 70대는 참으로 전무후무할 행복한 세대라 할 것이다.

시방 이 글을 쓰면서 다시 한번 곰곰이 생각해 본다. 만약 나중에 내가 앞으로 나이가 더 들어 80대나 90대가 되었을 그때 나는 또다시 행복한 80대나 90대라는 소리를 할 수 있을 것인가? 내가 그때까지 살 수 있을 것인가는 아무도 모르는 일이지만 지금의 나로서는 아마 그럴 것이리라 싶다. 비록 몸은 늙어가나 정신은 쇠하지 않고 명료히 살아있다면 분명 그럴 것이다. 그리고 지금처럼 맑고 건강한 정신을 그때까지 유지하기 위해 가능한 모든 배전의 노력을 아끼지 않을 것이리다.

2022년 5월 마지막 날

우열의 종말

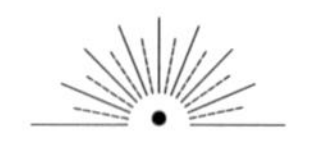

우열

동작동 현충원을 끼고 한강대교 쪽으로 걷다 보면 오른쪽에 "H" 초등학교가 자리하고 있는데, 이곳을 지나칠 때면 어김없이 생각나는 한 옛친구가 있다.

아득히 먼 지난날, 휘발유와 생고무 냄새로 등천하던 부산 범일동의 국제고무공장에서 그를 처음 만났다. 경남 고성이 고향이라는 그는 당시 어려운 집안 형편으로 고등학교 1학년을 중퇴한 후 못다 마친 학업의 꿈을 이루기 위해 부산으로 왔다고 했다. 나보다 세 살 연상으로 동네 형뻘이나 되었지만, 워낙 착한 성품의 소유자인데다, 나 역시 배움에 굶주린 처지라는 것을 이해하게 된 그와 자연스레 가까워지게 되었다. 그러다 좀 더 나아가 아예 서로의 이름까지 무관하게 부르는 친구 사이가 되어버렸다. 나이도 많았지만 나보다 훨씬 유식했던 그는 천자문 이야기를 하며 능할 능(能) 자 밑에 마음 심(心) 자가 놓이면 태도 태(態) 자가 된다는 설명도 해 주었는데, 이후 평생 나는 能 자나 態 자만 보면 때때로 그의 생각이 나곤 한다.

나이뿐만이 아니고 육체적으로, 그리고 정신적으로도 나보다 훨씬 조숙했던 그는 나에게 많은 것을 가르쳐 주었다. 학업을 중퇴한 후 막연한 삶을 살아가던 나에게 배움에 대한 새로운 눈을 뜨게 해 준 사람도 그였다. 밤늦은 퇴근길을 같이 걸으며 검정고시에 관한 많은 대화도 함께 나누었던 기억이다. 또한 그는 각박한 도시 생활에 찌들어 있던 나에게 아름다운 시골 풍경과 정서를 그림처럼 전해 주기도 했다. 소설에서나 나올법한 시골 마을의 흥미진진한 사랑 이야기를 설마 하며, 그러나 마른침을 삼켜가며 들었던 기억이 생생하기만 하다. 밀밭 이야기도, 그리고 보리밭 이야기도…….

그런데 그렇게 둘이 같이 일하며 지내던 어느 날 그 일터에서 한동안 당시 말로 히마(일본 말로 일이 없어 쉬는 기간)가 지는 바람에 그와 나는 그만 헤어지게 되었다. 그래서 다시 고향으로 돌아가기 전 어느 날 그는 나에게 한 가지 제안을 했는데, 비록 주어진 현실이 험난할지라도 우리는 반드시 열심히 공부해서 앞으로 십 년 후 다시 만나게 될 때 우리 둘 중 과연 누가 더 잘 되어 있을지 한번 내기를 하자고 했다. 그리고 나 또한 그의 제안에 흔쾌히 응하게 되었다.

그 후 시골로 다시 돌아간 그는 종종 나에게 편지를 보내 주었고, 나 또한 꼬박꼬박 답장을 해 주었다. 때론 헤어지면서 다짐한 십 년 후의 승부에 대한 내기를 재확인하는 것으로 편지의 말미를 장식하기도 했다. 당시만 해도 그는 글솜씨가 좋아서 그의 편지를 대할 때마다 나는 그 잘 짜인 문장과 글씨체에 대해 항상 부러움을 느끼곤 했다. 그리고 그러한 뛰어난 자질이 십 년 후 그의 위상에 어떠한 영향을 미칠까 하고 생각해 보기도 했다.

한편 그처럼 이어져 오던 우리의 우정은 그가 군에 입대해서 몇 번인가 편지를 주고받은 후로 뚝 소식이 끊어지면서 단절되고 말았다. 혹시나 해서 그가 제대를 했다 싶을 무렵 그의 고향집으로 편지를 띄워 보았지만 종래 소식이 없었다. 그러나 이후 제법 한참 세월이 더 흐른 어느 날 천만뜻밖으로 우연히 그에게 연락이 닿아 재회하게 되었고, 그리고 그 만난 장소가 바로 흑석동에 있던 "H" 초등학교 앞에서였다. 오래전 부산에서 인연을 이룬 두 사람이 갖은 우여곡절 끝에 십 년의 세월이 훌쩍 지난 후 재회를 하게 된 곳이 바로 천리타향 서울 땅이었으니 세상은 넓고도 좁다는 세인들의 말이 결코 허언은 아니었던 셈이다.

일렁이던 봄기운이 따가운 햇살에 슬슬 밀려나기 시작하던 1978년 초여름 문턱의 어느 날, "H" 초등학교(당시엔 명수대 국민학교라 불리었다) 근방에 있던 허름한 중국집에서 우리는 감격적인 해후를 했다. 1969년쯤까지는 그와 소식을 주고받았던 기억인지라 그때는 바로 소식이 단절된 후 정확하게도 꼭 십 년이 되는 해이기도 했다. 그리고 그 십 년이란 세월은 우리 두 사람에게 있어서 각자의 상대적 가치평가의 시금석이 놓인 기간이기도 했다. 군에서 제대한 그는 당시 교원양성 과정의 사범학교를 졸업해 상기 "H" 초등학교의 교사가 되었다고 했다. 그러다가 한때 학교를 그만둔 후 신발 장사를 해서 제법 큰 돈을 벌기도 했으나 그만 사기를 당해 다 정리하고 다시 그 학교에 복직하게 되었다고 했다. 더욱이 그는 그때 이미 결혼까지 한 어엿한 가장으로 변모해 있었다. 그러나 나 역시 그 친구와 헤어진 후 거친 삶의 현장을 전전하며 독학으로 꾸준히 학업을 이어왔고, 천신

만고로 정규 공과대학을 졸업한 후 그리 작지 않은 어느 회사의 초급 엔지니어로 변모해 있었던 터였다.

그런데 참 이상한 일이었다.

막상 그날 우리 둘은 끝까지 너와 나의 우열을 가리는 승부를 논하지 않았으니 말이다. 독한 배갈 술잔에 추억이 용해되고, 갖가지 새로운 우리들의 미래상을 논하곤 했지만, 어느 누가 먼저 상대방의 위상에 대한 가치평가와 더 잘되고 못됨의 이야기를 하지 않았던 것이다. 회고해 보건대 아마 그 이유는 그 적까지 은연중 타오르고 있었던 우리들 간의 속 좁은 경쟁심리 때문이 아니었을까도 싶다. 상대의 성과를 더 높게 평가해 주기보다는 그에 우선하여 본인의 우월성을 먼저 인정받고 싶었던 옹졸한 심사의 소치가 아니었을까도 싶다.

이제는 서로 자주 소식 전하며 살자고 굳은 악수를 교환했던 그날이었다. 그러나 정작 그날이 결과적으로 그간 오랜 단절의 세월을 겪어 온 우리들의 첫 재회이자, 또 다른 기약 없는 마지막 만남의 날이 될 줄을 그때는 미처 몰랐었다. 휴대전화 같은 건 고사하고 마땅히 연락을 취할 집 전화 하나도 쉽사리 갖추기 힘들었던 시대적 배경에다, 그 직후 이어졌던 나의 이직과 지방 발령 등 많은 일들이 생겼다지만 그런 모든 사연은 그저 핑계에 불과한 나의 불찰이다 싶다. 그러구러 다시 한참 세월이 흐른 어느 날 문득 그가 다니던 학교에 수소문하는 등 재회를 도모해 보았으나 그땐 아마 너무 늦어 버렸던지 종래 그의 행방을 찾을 길이 없었다.

가끔씩 그 친구 "김수룡"은 지금쯤 어디서 무얼 하고 있을까 진심으로 궁금해진다. 그리고 이제 만약 다시 한번 인연의 사슬이 연결된다면 나는 결코 예전의 첫 재회 때와 같은 우둔한 전철을 밟지는 않아야겠다는 생각이다. 지난날의 어두운 우열의 그늘에 가려진 부질없는 자만심일랑 다 버리고 젊은 시절 맹세하며 헤어지던 순간의 그 마음으로만 만나야겠다. 비록 그가 부와 명예 그리고 권력까지 가지고 있든 말든 전혀 개의치 않고, 그저 순수한 마음으로 서로 이름 불러가며 등 두드리고 얼굴 비벼가며 만나고 싶다.

2004년 경남문학 여름호 게재

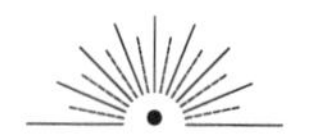

우열의 종말

바로 이전 글에서 언급했듯이 1978년 딱 한 번 재회 후 기약 없이 헤어진 옛친구에 대한 일말의 단서라도 찾을 양으로 그의 고향인 고성군 거류면에 문의를 하고 기다린 지 근 한 달이 지

난 어느 날이었다. 출근길에 울리는 전화를 받으니 거류면 부면장이라는 분이 직접 전화를 주셨다. 그리곤 친구분인 김수룡 씨의 소식을 전해 드리겠노라고 했다. 그러나 어딘가 모르게 뜸을 들이듯 어둡게 다가오는 조용한 그의 첫 마디가 뭔가 심상치 않아 보였는데, 결국 나의 그 어쭙잖은 순간적 예감은 적중하고 말았다. "이런! 나한테도 어찌 이런 일이!" 떨리는 손으로 운전대를 잡은 채 연신 혼미한 심사를 추스르고자 무진 애를 썼다. 이제나저제나 학수고대 바라던 그에 관한 소식이었는데, 막상 듣고 보니, 진정 슬프게도 그는 이제 더 이상 이 세상 사람이 아니라는 말이었다. 사유는 확실히 말해 주지 않았지만, 그가 서울에서 계속 거주하다가 불과 몇 년 전에 그만 타계하고 말았다는 것이다. 그러면서 오히려 나를 위로해 주었다. "살아 계셨더라면 약주라도 같이 나누며 진한 회포를 풀 수 있었을 터인데 참으로 안타깝습니다."라며….

사실 지난 2004년 경남 문학지 여름호에 「우열」이란 글제로 발표한 작품 또한 그를 찾기 위한 내 나름의 수단 중 하나였다고 볼 수 있을 것이다. 혹시 그의 고향 지방에서 그 책을 읽어본 독자로 친구의 이름 석 자라도 알고 있는 사람이 어딘가 있다면, 그분을 통해 일말의 정보라도 얻을 수 있지 않을까? 라는 바람이 있었음이 솔직한 나의 고백이다. 그러나 이젠 그 모든 바람과 노력도 모두 수포로 화했고, 나의 모든 희망 또한 내려놓아야 하게 생겼다. 그리곤 밀려드는 일말의 후회, 왜 이번처럼 좀 더 진작 적극적으로 지방 관청이나 여타 기관 등에 문의해 볼 생각을 못 해 보았을까? 못내 가슴이 아려 올 뿐이었다.

그리곤 새삼 약 35여 년 전 첫 해후 시 보였던 나의 졸렬했던 태도에 자꾸만 더 후회가 밀려들었다. 차라리 그때 나이 어린 내가 좀 더 겸손한 자세로 "수룡이 형! 내가 보니 형이 나보다 훨씬 고생도 많이 했고 더 값진 성공을 거둔 것 같다. 내가 그만 졌다!" 그 한마디를 왜 못 해 주었을까? 기실 그랬기도 했었는데 말이다. 그리고 내가 만약 그랬더라면 착한 성품의 그 또한 분명 내 말을 되받아 "아니, 규철이 니가 훨씬 더 잘 된 것 같다. 정말 대단하다!"라는 칭찬의 말을 던져 주었을 것이다. 그리고 만약 그랬더라면 그나 나나 모두 함께 승자가 될 수 있었을 터인데 말이다. 그러나 이렇게 졸지에 그의 타계 소식을 듣고 보니 여태껏 마음속에 담아왔던 우리들 간의 어설픈 우열 다툼은 상대로부터 제대로 된 평가 한번 받아보지도 못한 채 저절로 종말을 고한 셈이 되고 말았다.

이렇듯 그는 가고 말았고, 나는 나대로 만약 다시 만났더라면 진실로 그에게 들려주고 싶었던 그에 대한 찬사의 말 한마디도 결국 해 줄 수 없게 되고 말았다. 그러나 이승을 떠난 그 옛

친구가 비록 지금 나의 외침을 들을 수야 없겠지만, 나는 지금이라도 우리의 첫 재회 때 내가 응당 해 주었어야 할 그 찬사를 그의 무덤 앞에서라도 들려주었으면 싶다. 마침 그의 삼촌 되시는 분이 아직도 고향에 살고 계신다고 하고 그분의 전화번호도 알아 놨으니 언제 연락드려 가능한 한 이른 시일 안에 그의 묘소를 한번 찾고 싶다. 그의 묘 앞에서 술 한 잔 권하며 생과 사의 경계선에서나마 마지막 만남을 도모하고 싶다. 그리고 말하리라. 우리들의 우열 게임은 이것으로 종말을 고했지만 사실 그간 우리 둘의 우열 비교는 애초부터 아무 의미가 없었던 것이었다고. 그보다는 오히려 서로의 장래를 위해 상대에게 거역할 수 없는 도전적 과제를 심어 준 우리들의 당시 그 굳은 맹세가 더욱더 가치 있는 것이었다고…. 그리고 또 우리 둘 모두는 진실로 다 함께 승자였다고….

2013년 5월 어느 날

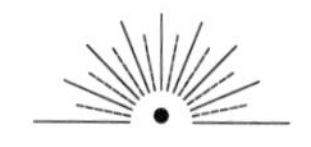

제사 간소화에 따른 소고

수년 전, 오랜 고뇌 끝에 아버님 제삿날을 기해 부모님께 고한 뒤, 그동안 미루어 왔던 제사 간소화를 단행하기로 했다. 우선 부모님 제사를 통합하여 일 년에 한 번만 모시기로 하고 또 해마다 명절 때 모셔 왔던 차례는 이제부터 그만 생략하기로 한 것이다.

내가 이런 결정을 하게 된 배경에는 자신의 종교적 신념에도 불구하고 결혼 이후 근 40년 이상 때맞춰 제사 준비만은 살뜰히 챙겨 준 아내가 얼마 전 심각한 허리 병으로 운신이 어려워진 탓도 컸지만, 그보다 더 근본적인 이유는 오랜 역사적 산물인 제사라는 관습도 결코 시대성을 무시할 수 없다는 나의 평소 지론 때문이었다. 첨단과학 문명이 가히 빛의 속도로 발전하고 있고, 인간의 사고 또한 끝모르는 변화를 동반하고 있는 이 개명된 세상에서 제아무리 오랜 전통을 지닌 풍습이라고 하더라도 이젠 더 이상 무조건 따라야만 할 법도는 아니라는 생각이 바로 그것이다.

나는 우리 아버님 제사를 10대 중반부터, 그리고 어머님 제사는 10대 후반부터 모셔왔으니 어언 60여 년간의 적지 않은 세월이다. 외아들이었던 내가 결혼을 하기 전 직업에 따라 이리저리 떠돌아다닐 때는 제사를 모실 곳이 마땅찮아 제례상 당치도 않은 외가 쪽, 더더구나 그것도 나의 이모님 댁에 한동안 의탁한 적도 있었고, 또 서울에 직장을 잡았을 때는 사촌 형님댁에서 모시기도 했으니, 고인들도 그 잘난 제삿밥 한 그릇 얻어 자실 염에 참 어지간히 고군분투하셨을 것이리라 싶다. 그러던 내가 결혼을 한 이후부터는 그나마 제대로 된 제사상을 올릴 수 있게 되었는데 이에는 명백히 내 아내의 도움이 컸다고 할 것이다. 기독교적 신심이 두터운 사람이었지만 전통을 중시하는 나의 의견을 존중하여 지금껏 오랜 기간을 성심껏 도와주었기 때문에 가능한 일이었다.

그러나 서두에 이야기한 대로 아내의 와병이란 순수한 개인적 관점에서의 어려움이 계기가 된 것 외에도 이제 시절이 참 더 많이 바뀌었고, 그래서 오랫동안 지켜 온 전통적 제사 관도 이 참에 정말 바꿔야겠다고 작정을 하게 되고 말았다. 사실 나는 그러잖아도 진작부터 이런 제사에 대한 일반적인 우리 사회의 전통과 관습에 상치되는 생각들을 많이 하고 있었다. 즉 제삿날을 기해 부모님의 혼령이 왕림하신다는 신비적 관점에서 벗어나, 그저 일 년 중 그날 하루만이라도 날 낳고 길러주신 부모님의 은덕을 깊이 회상하고 진심으로 고마워하는 시간을 가져본다는 정서적 관점으로 바라보고자 하는 것이었다. 그래서 정작 제사를 모시는 형식이나 절차 또한 변칙적이고 즉흥적인 면이 많은 편이다. 우선 만드는 음식 가짓수도 실속있게 가능한 한 줄이고, 제주(祭酒)도 종류를 가리지 않고 편한 대로 이용하는 것이다. 그래서 막걸리에서 정종, 맥주에서 심지어 양주까지 있는 대로 사용한다. 특히 최근 들어서는 편의상 치킨과 피자까지도 올리고 있으며 다음번에는 커피나 돼지 족발까지 올려 드리려고 생각하고 있다. 물론 촛불은 켜고 향도 피우고 또 술도 3배는 올린다. 아무리 형식을 최소화한다고 하더라도 가장 기본적인 절차는 그래도 갖추고 싶고, 또 술을 한 잔만 마신다는 것은 속세에서는 거의 찾아보기 힘든 일인데다 설사 미지의 사후세계일 망정 그런 주법일랑 있을 법하지 않기 때문이다.

그런데 아무리 나의 신념에 따른 처사라고는 하나 때때로 이런 식의 변칙적이고 무분별한 제사 형식을 의연히 고수함이 과연 옳은 선택인가 나름 반성도 해 보지만 그렇다고 앞으로 더 다른 방식으로 바꿀 생각은 별로 없다. 오히려 이것도 하나의 혁신이고 현대적인 감각에 기초한 제례 변천의 한 과정이며, 또 앞으로 시대가 흐르면 흐를수록 이런 혁신적인 일탈적 추세가 일종의 의식적 나비 효과를 불러 와 다른 많은 집안까지 점점 확산될 전망에는 의심의 여지가 없다고 보기 때문이다. 하지만 그렇다고 또 내가 이 나라에서의 오랜 문화적, 그리고 정신적 유산인 제사의 기본 정신과 풍습을 무시하고자 하는 의도 또한 전혀 없는 사람이다. 그저 서두에 언급한 대로 시대적 조류에 맞춰 조금씩 현대적 감각으로 간소화 시켜 나가길 바라는 사람일 뿐이다.

그리고 보니 최근 주변으로부터도 자신들 집안의 제사 간소화 이야기를 심심치 않게 듣게 되는데, 하물며 얼마 전 퇴계 이황 선생의 17대 종손으로서 모 대학 유교 철학 연구소에서 일하고 있다는 어느 인사조차 추석 차례를 거르고 가족들과 함께 야외 나들이를 한다고 해서 세간에 화제가 된 일도 있었으니 말이다. 그리고 나 또한 최근의 코로나 사태로 작년에 이어 올해까지 내리 2년 연속 고향에서의 시제를 생략한다는 전갈을 받았는데, 이런 현상은 바로 우리 직전 선대까지만 해도 가히 꿈에도 생각지 못했던 일이 아니었을까 싶다. 더불어 제사 간소화 문제와는 별개로 그 행사를 치르기 위해 연례적으로 전국 각처에서 모여드는 친인척들을 만나 유대를 나누지 못함 또한 매우 아쉬운 점이긴 했지만, 이 역시 시대적 흐름에 따른 지극히 자연스런 추세로 어쩔 수 없는 일이 되어 가고 있다고 해야 할 것 같다.

영계는 속세의 관념을 따른다는 속설도 있다. 망자에 대한 맹목적인 예절보다는 산 자의 안위가 우선시 되는 세상에서는 그럴싸한 이야기일 수도 있다 싶지만, 판단은 각자의 몫일 것이다. 글을 읽는 사람의 성향에 따라 견해를 많이 달리 할 수도 있을 민감한 이야기를 내 위주로 쓰다 보니 문득 언젠가는 다가올 내 사후에 관한 견해도 미리 밝히는 편이 좋을 것 같다는 생각이 들었다. 그래서 생각건대 향후 얼마간 세월이 더 흐른 후 내가 이 세상을 하직할 날이 다가오면 나는 우리 아이들에게 다음과 같은 유언을 남길 것이리라 싶다. "내 생시의 신념도 그랬고 세상도 변했으니 사후 나의 제사는 생각할 필요가 없을 것이다." 라는 유언을 말이다.

2021년 11월 어느 날

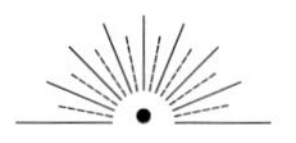

남녀 불평등의 팡파르

친인척을 비롯한 주위 사람들의 혼사에 참석할 때마다 생각이 많아진다.

이젠 이 나라에서도 아기자기하고 정감 어린 전통적 혼례는 거의 자취를 감추고 있고 대신 그야말로 형식적이고 적잖게 과시적인 서양식 혼례가 대세를 차지하고 있다. 그런데 외형상 이렇듯 화려한 서양식 혼례도 일설에 따른 유래를 찾아보면 썩 유쾌한 것만은 아니다. 신부가 면사포를 쓰는 행위나, 남자가 여자의 오른쪽에 서는 격식이나 심지어 신혼여행의 유래까지 세세히 들여다보면 역사 속에서 나타나는 여인 약탈과 지참금 문화 등등의 불편한 진실들이 담겨 있다고 하기 때문이다. 대부분 여성의 인격을 도외시한 전근대적 상황에서 이루어진 풍습들에 기인한 것이지만 불편한 진실은 감춰지고 근사하게 포장되어 일상화되어 버렸다.

하긴 유래야 어떻든 이제 일상화되어 버린 풍습이니 좋게 생각하며 넘어갈 뿐이지만, 그러한 중에서도 내가 이 서양식 혼사에 참석할 때마다 꽤 불편하게 느끼는 장면이 하나 있으니 그게 바로 신랑 신부가 일정한 순서를 정해 따로 입장하는 장면이다. 잘 낫던 못났던 신랑은 홀로 식장 무대 위로 걸어 올라가 신부가 다가오기를 당당히 서서 기다리는 반면, 신부는 그 부모 등 보호자에 의해 인도되어 조심스럽게 신랑의 손에 넘겨지게 되는 장면 말이다.

그리고 보면 막상 이런 말을 하는 나 또한 근 40여 년 전에 있었던 아내와의 결혼식에서 내 아내의 손을 장인어른으로부터 직접 건네받았던 과거사로 미루어 볼 때 참 아이러니다 싶다. 당시 결혼식의 팡파르가 울리기 시작하면서부터 벌써 나는 내 아내에 대한 일종의 상대적 우월감을 가지고 출발했던 셈이었으니 말이다. 그리고 그러한 우월적 절차로 인해 내 아내 될 사람은 그 집안에서 어떠한 가르침을 받아왔든 앞으로는 나의 관념과 삶의 양식을 따르게 될 것이라는 일종의 자만심을 지녔던 것도 숨길 수 없는 사실이었다. 그리고 그런 자만심이란 바로 그 적까지 나의 잠재의식 속에 뿌리 깊이 자리하고 있었던 전통적 남녀 차별의식에 기인한 것은 아니었을까 싶다.

그러나 그 후 또 많은 세월이 흘렀고, 그 세월의 흐름에 따라 사람의 의식도 참 많이 바뀌었다. 지금의 세상은 우리 기성세대가 태어나고 성장했던 시절과는 너무나 다른 판이한 세상이 되고 만 것이다. 여성의 사회적 활동이 극히 제한적이었던 그때와는 달리 작금 수많은 여성이 사회 각계각층에서 남성에 못지않은 많은 활동을 하고 있고, 국가적으로도 그러하여 심지어 여성 대통령까지 탄생했을 정도로 변했다. 그리고 또 사회환경적으로도 황혼 이혼을 여성들이 주도적으로 먼저 제기할 정도까지 된데다, 소위 삼식이가 된 나이 든 남성들이 자칫 거꾸로 천대받는 시절로 변해 버렸으니 상전벽해의 변화가 따로 있지 않을 지경으로 세상이 달라진 것이다. 그렇다고 이런 말을 하는 내가 지금 와서 무슨 여성우월주의를 극찬하고자 하는 것도 전혀 아니다. 굳이 말하자면 그저 세월 따라 나 또한 어느 정도 양성 평등주의자에 가까이 자리하게 되었다는 정도다. 나아가 남성상의 우월적 장점은 그대로 보존하되 여성의 고매한 품성과 따뜻함을 귀히 여기는 상호존중의 필요성을 강조하고자 하는 사람 중 하나일 뿐이다.

하지만 아무리 세월이 바뀌었다고 한들 남녀평등이란 것이 말처럼 그리 쉽게 이루어질 수는 없는 일이고, 또 그건 무슨 억지를 부리거나 일부 급진주의자들의 과감한 투쟁으로 쉬 얻을 수 있는 것도 아닌 바, 이건 참으로 일반인들의 의식이 자연스럽게 따라 주어야 하는 작업이리라 싶다. 그리고 그건 그동안 우리가 여태 아무 거부감 없이 그저 당연한 하나의 관습처럼 받아들였던 아주 작은 것에서부터, 예를 들면 결혼식 무대에서의 신부에 대한 보이지 않는 은근한 차별적 격식 같은 사소한 것으로부터 인습의 탈을 벗어나려는 일반인들의 의식 전환과 노력이 뒤따르지 않는 한 그렇게 쉽게 이루어지지 않을 것이라는 말이다. 혼자서 떳떳이 결혼식장에 들어가려고 하는 당당한 여성으로서의 자존감과 용기가 없는 한 여성들은 혼례식의 팡파르와 함께 남자의 권위를 자연스럽게 인정하는 격이 되는 셈이라고 감히 말하고 싶은 나의 생각이다.

그런데 사실 남 말하듯 이런 이야기를 주절대는 나 자신도 당장 하나의 변화의 시금석 위에 놓여 있다고 할 수 있으니 사실 나는 혼기에 차거나 오히려 넘친 딸을 셋이나 두고 있어서이다. 딸들이라고 하지만 우리 부부는 이 세 딸을 여느 부모들 세 아들이나 마찬가지로 귀하게 키우며 당당하게 살도록 가르쳐 왔다. 그래서 나는 만약 앞으로 우리 아이들이 결혼하게 되면 식장에서 떳떳이 남편 될 사람과 함께 입장하게 하든지 아니면 당당하게 혼자서 들어가라고 시킬 것이리라 생각한다. 그리고 난 뒤 그 두 사람이 나한테 인사드리러 오기를 기다릴 것이다. 또 그리고 그런 태도가 진정 두 사람이 모여 첫 삶을 시작하며 서로를 이해하고 감싸주는 남녀평등의 시작이라는 것을 그들에게 인식시키도록 노력할 것이다.

사람에게 있어 오랫동안 고착된 사고는 쉽사리 바뀔 수 없는 것이 인지상정이라지만 세월 따라 바뀔 수는 있는 일이고, 또 바뀌어야 된다고 본다. 한국이 급격한 경제발전을 이루고 있던 지난 70년대 중반 나라 안 수많은 기업체에서 열심히 부르짖던 혁신 구호가 바로 "변해야 산다!"는 것이었다. 그런데 신구세대 및 남녀 간 의식구조의 다극화가 초미의 관심사로 떠오른 지금 당장 필요한 시대정신 또한 바로 이 "변해야 산다!"라는 것이리라 싶다. 그리고 이참에 지금 동세대인들의 자연스런 의식 전환의 모범을 바로 우리 기성세대가 솔선해 행동으로 실천해 보여 주는 것도 참으로 가치있는 일이 아닐까 하는 생각을 그래서 새삼 해 보게 된다.

2020년 4월 어느 날

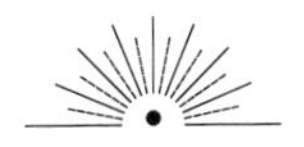

친구도 가지치기가 필요할까?

어린 시절 부모 팔아 친구 산다는 말을 많이 듣고 자랐다. 궤를 벗어나는 불경스러운 소리 같으나 그만큼 친구의 소중함을 에둘러 표현한 말이라 할 것이다. 또 친구는 많을수록 좋다는 옛말도 있는데 한 인간의 사회성 향상을 위한 친구들의 역할을 극히 함축적으로 표현한 말이 아닐까 싶다. 그러나 또 한편 친구는 가려 사귀어야 한다는 말도 의외로 참 많이 들었는데 자칫 한번 잘 못 사귄 친구는 언젠가는 큰 화를 불러 줄 수도 있기 때문이다.

사전상의 의미로 풀이하면 친구란 오래도록 친하게 사귀어 온 사람을 말한다. 어린 시절부터 같이 자란 이도 있지만, 학교나 직장 등에서 만나 친구가 되는 경우가 더 많은 편이다. 그러나 최근 들어 그런 풍토도 많이 바뀌었다. 농경사회가 아닌 현대사회에서는 어딜 가나 친구를 만들 수 있기 때문이다. 같은 아파트에 사는 주민들 사이에서, 그리고 각종 동호회를 비롯한 여타 동아리 등에서, 심지어는 포장마차에서 혼자 막걸리 한 잔 마시다 우연히 대화가 통한다는 핑계로 옆자리 사람과 친구가 되기도 한다. 더더구나 요사인 갖가지 소셜 미디어상에서 정보를 주고받는 상대를 일러 모두 친구라고 칭하고 있다. 한마디로 세상이 온통 친구 천지고, 그러다 보니 이젠 사전적 의미의 친구는 그저 수많은 영역별 친구 중 하나로 자리매김하고 있을 뿐이다.

그러나 아무리 그런 가외 친구들이 많아 보아야 어찌 검은 머리 흰 머리 될 때까지 오랜 기간 동고동락했던 친구와 비교할 수 있을 것인가? 죽마고우라면 두말할 것도 없지만 학창 시절을 통해 깊은 교감을 나누었던 친구들 그리고 직장생활을 같이하면서 미운 정 고운 정 다 든 사람들이 그런 유의 친구라 할 것이다.

그런데 근년 이렇듯 오랫동안 허물없이 사귀던 벗과 헤어지는 일이 있었다.

대학 시절 전 기간을 다른 동료 몇과 어울려 거의 매일 붙어 다니다시피 한 친구였다. 학교를 마치고 각자 다른 분야에 종사하면서도 끊임없는 교류가 있었고, 또 달리 친한 몇 사람과 함께 오랫동안 부부 모임까지 같이 한 친구였다. 그런데 정말 아주 우연히도 그가 그의 고향 친구들과의 대화에서 나에 관한 매우 고약한 뒷담화를, 아마도 그의 휴대전화 조작 실수로 인한 것이었겠지만, 내 휴대폰상으로 엿듣게 된 것이 발단이었다. 그리고 가슴 아프게도 그 불상사 이후 그와 나는 친구라는 이름으로 지내 온 오랜 여정에 그만 종지부를 찍게 되고 말았다.

가끔 친구 사이란 깨지기 쉬운 사발 같다는 생각을 한다. 서로 잘 지내다가도 자칫 한마디의 말실수나 잘못된 처신으로 우정에 금이 가는 경우가 비일비재하기 때문이다. 또 깨지기는 쉽지만 한번 깨어진 사발은 더 이상 제 모양을 갖추기 힘들듯 친구 사이의 우정도 한번 심하게 벌어지면 예전처럼 회복하기란 결코 쉬운 일이 아니기 때문이다. 그래서 그 내 대학 친구도 뒤늦게 제 실수를 깨닫고 그동안 몇 번인가 다른 친구들을 통한 나와의 우회 접근을 시도했으나 내 옹졸함의 소치인지 모르나 지금껏 만남을 유보하고 있는 중이다. 지난 그 일 외에도 그 훨씬 전에 있었던 그의 나에 대한 또 다른 몇 가지 실수들이 근년 사건과 중첩되어 나의 실망감을 더 키웠기 때문이기도 했지만 설사 다시 만나게 되더라도 이전과 같은 끈끈한 우정은 결코 회복되기 어려울 것이라는 염려도 작용해서 그랬던 것이리라 싶다. 그러나 아무리 그래도 수십 년 이상을 묵힌 우리들의 우정을 이런 식으로 용도 폐기하기에는 너무 아깝다는 생각이 들고 그래서 언젠가 한 번 만나 그의 이야기를 들어볼 필요는 있을 것이리라는 생각을 아직은 버리지 않고 있다. 최근 타계한 연세대 김동길 교수의 말씀마따나 뼈에 박히고 가시 있는 친구의 말 몇 마디쯤은 씹어 삼키며 묻어 둘 가슴도 있어야겠다 싶어서였다.

그러나 이런 전철을 겪고 난 뒤 친구는 가려 사귀어야 한다는 예전 어른들의 말씀을 다시 한번 새롭게 반추하며 내 나름 깨닫게 된 것이 하나 있었으니, 그 골자란 사람이 나이가 들면 가끔은 친구도 가지치기를 해 줄 필요가 있겠다는 것이었다. 그리고 또 이제 이 나이엔 많은 친구보다는 좋은 친구가 더 필요하다는 판단이 그것이었다. 바야흐로 은거해야 할, 그리고 슬슬 이승과의 이별을 준비해야 하는 나이가 되면 그 모두가 그저 짐이 될 뿐이라는 판단 때문이었다. 하긴 사람이 나이 들어가면 내가 일부러 먼저 그러지 않아도 적지 않은 친구들이 고목에서 낡은 가지 떨어지듯 저절로 하나둘 사라지고 있는 걸 보게 된다. 오랜 세월이 흘러도 전혀 생각도 나지 않고 보고 싶지도 않은 친구, 어쩌다 한 번씩 생각은 나지만 지금 그가 도대체 어디서 어떻게 살아가고 있는지조차 별로 궁금해지지 않는 친구, 가끔 만나더라도 그저 만났다는 시늉뿐인 그런 유의 친구들은 자연스럽게 서서히 그 관계가 단절되는 소위 셀프 가지치기가 저절로 이루어지고 있는 셈이니 나로선 오히려 다행한 일이라 할 것이다.

그런 한편 나에겐 아직도 부단히 나를 믿고 찾아주는 소중한 친구들이 꽤 있고, 그래서 그런 친구들 모두는 내 생애 끝까지 소중하게 지켜나가야 할 대상이리라 싶다. 가히 관포지교 급이거나, 공자가 말한 익자삼우(益者三友)의 모든 것을 겸비한 친구까진 감히 바랄 수도 없겠지만, 그저 편하게 만날 수 있고 아직도 잘 모르는 서로의 해묵은 과거사까지도 진지하게 들어 주고 현재를 토론하며, 어려울 때 심심한 위로를 주고받을 수 있는 마음 따뜻한 친구라면 분에 넘치는 친구가 아닐까 싶다. 그리고 또 더 나아가 나의 평소 잘못된 처신에 대해 뒤에서 헐뜯을 것이 아니라 내 앞에서 직접, 그것도 서로의 마음 하나 상해가지 않으며 요령 있게 잘 지적해 주는 현명한 사람이라면 더욱 과분한 친구라 할 것이다. 그리고 나 또한 그러한 친구를 거저 공으로 바라기만 할 것이 아니라 이제부터는 오히려 내가 먼저 그처럼 진심으로 그들에게 다가가 주어야 할 일이 아닐까 하는 때늦은 그러나 철든 생각을 새삼 다시 해 보게 되는 요즘이다.

2022년 11월 그믐날

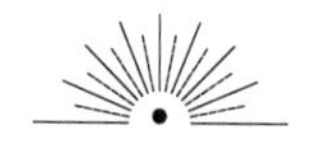

선입선출(先入先出)

어렸을 때 어른들로부터 음식을 함부로 버리면 천벌을 받는다는 말씀을 귀 따갑게 들으며 자라 온 우리 세대다. 그래서 그런지 모르지만, 집에서 종종 열어보는 냉장고 안에서 장기 보관되다 상하게 된 음식을 볼 때마다 아내를 비롯한 식구들에게 불편한 심기를 드러낼 때가 가끔 있다. 다들 먹다 남은 음식을 딴에는 나중에 먹을 양으로 용기에 담아 냉장고 안에 보관하게 된다. 그런데 그걸 미처 처리하기도 전에 다른 새로운 것이 들어가고 또 들어감에 따라 먼저 것은 점점 더 뒷구석으로 밀려들어가 종래 상하거나 유통기한을 넘기는 음식들이 속출하게 되는 것이다.

그런데 이런 문제가 생길 때 그 음식의 처리 방법을 두고 나와 우리 식구들 사이에 또 다른 관념 차가 발생한다. 아이들은 당연히 모두 버리는 쪽이지만, 그러나 나는 가능하면 버리지 않고 먹을 수 있는 쪽으로 생각하기 때문이다. 즉 유통기한을 한참 넘긴 식품은 도리없이 폐기해 버린다지만, 시일이 그리 많이 경과 되지 않은 웬만한 것이면 재빨리 요리해 먹도록 유도하는 것이다. 물론 아이들은 나의 이런 태도에 질겁을 하지만, 그러려면 저들이 먹다 남은 것을 그런 식으로 소홀히 관리하지 말았어야 할 것이라며 내가 나서 직접 조리해 나 혼자서라도 먹어치우는 편이다. 그리고 내가 그토록 이런 문제에 대해 완강한 이유는 조금 오래됐다고 무작정 버리기는 아깝다는 생각 때문이기도 하지만, 그보다는 어렸을 때 들었던 당시 어른들의 경고성 교훈이 아직도 내 뇌리에 깊숙이 각인되어 있기 때문이 아닐까 싶다.

돌이켜 보건대 우리 세대는 아마 작금의 식품 유통기한 문제에 관해 그토록 까다롭지 않은 마지막 세대가 될 것이다. 어린 시절은 물론이고, 나이가 좀 든 청년 시절까지 숫제 공식적인 유통기한이라는 말도 못 들어보았으니 충분히 그럴 만도 한 일이다. 소싯적 군부대 근처에 살면서 그곳에 상주하던 미군들이 언제 버린 것인지 채 알 길조차 없던 통조림과 비스킷 등을 쓰레기 동산에서 찾아내어 잘도 먹어댔던 우리였다. 심심찮게 인스턴트 파우치 커피도 나왔으나 그땐 그저 입에 쓰기만 할 뿐 제대로 어떻게 먹는지도 몰라 그것만은 못 먹었을 뿐이다. 요즈음 한국에서 거의 국민 음식처럼 여겨지는 부대찌개는 또 어떤가? 지금은 "무슨 무슨 부대찌개" 등의 상호로 잘 알려진 메이커도 있지만, 내 기억상 6.25 사변 직후 부산 4부두 근처에 주둔했던 미군 부대(하야리아 부대)에서 매일 쏟아져 나오는 잔반을 장사치들이 모아 잡탕으로 다시 끓여 팔았으니 그게 바로 최근 부대찌개란 요리의 원류가 된 셈이다. 당시 우리는 그 찌개를 이름하여 "꿀꿀이 죽"이라고 불렀고, 허름한 손수레 위 화로에서 그 잔반들을 끓여 내놓으면 너나없이 다들 즐겨 사서 먹었는데 물론 영양도 풍부했겠지만, 나에겐 우선 그 맛이 일품이었다. 심지어 한창 더운 여름철에 거두어 온 잔반은 살짝 쉬어버린 것도 있었지만, 그마저 개의치 않고 잘 끓여서 팔았는데, 나는 지금도 그 시큼하면서도 야릇한, 그러나 먹기 좋던(?) 특이한 맛을 생생하게 기억하고 있다.

전기한 이런 어린 시절의 기억 때문인지 모르지만, 시절이 상전벽해로 변한 현대에 들어서도 유통기한에 대한 나의 이 너그러운 음식관은 그다지 변하지 않고 있다. 그리고 또 나는 식품회사에서 오랫동안 일을 해 보아서 잘 알지만, 회사에서 가공식품에 대한 유통기간을 정할 때는 그 기간을 최대한 줄여 잡아 안전성을 부여한다. 그리고도 일정한 완충 기간을 덤으로 더 줘서 책정하는데, 이런 결정 과정을 익히 인지하고 있는 나로선 그야말로 유통기한이 아주 쪼끔 지났다고 안달하며 유난 떨지는 않는다.

대신 철저하게 지켰으면 하는 것이 바로 선입선출이다. 보관장소에 먼저 집어넣은 물건을 먼저 꺼내서 처리하는 행위를 두고 창고 관리 전문용어로 선입선출(先入先出)이라고 하는데 냉장고에 들어간 순서대로 먼저 들어간 것을 먼저 끄집어내서 사용해야 한다는 원칙이다.

나라 안에서 버려지는 음식쓰레기가 하루에 1만 5천 톤 이상이고, 그 처리 비용만 하더라도 연간 20조 원이나 된다는 몇 년 전(2015년)의 통계도 있지만, 기실 그런 엄청난 경제적 손실보다는 그 폐기되는 음식으로 인해 야기되는 환경 오염이 더 심각하다는 사실이 뜻있는 많은 이들의 걱정이다. 그리고 이런 부작용과 경제적 손실을 줄이는 과업은 바로 먼 미래 세대를 위한 우리 기존 세대의 역할이고 책임이며, 또 그 과제해결의 밀알이 되어야 할 곳이 바로 가정이라는 생각이다. 먼저 냉장고에 넣은 음식은 먼저 꺼내서 조리해 남김없이 먹는 선입선출 원칙 한 가지만 실천하더라도 국가적으로는 엄청난 양의 음식 낭비를 막을 수 있을 것이고, 또 이렇듯 가정에서 잘 단련이 된 사람들은 대중음식점 같은 곳에서도 음식을 잘 남기지 않게 될 것이다.

나는 우리 후세대가 우리보다는 더 좋은 환경에서 행복하게 살 수 있기를 누구 못지않게 기원하는 사람 중 하나이다. 그러나 온난화에 따른 지구 황폐화가 급속히 진행되고 있는 현재의 추세대로라면 그런 바람은 한갓 난망한 허상에 불과하다는 국내외 전문가들의 심각한 지적이다. 이에 음식을 함부로 버리면 천벌을 받을 것이라는 우리 선대들의 말씀이 정녕 허언이 아니었음을 알게 되는 날이 급속히 다가오고 있는 것은 아닐지 걱정이 앞서는 것 또한 어쩔 도리가 없다.

그러나 늦었다고 생각할 때가 가장 빠를 때라는 말이 있다. 또 하지 않는 것보다 늦더라도 하는 편이 나은 법이라는 외국 속담도 있듯, 우리 각자는 더 늦기 전인 지금부터라도 일반인 차원에서 나름 기여할 수 있는 아주 작은 일이라도 찾아야 할 것이다. 이를테면 각 가정에서 음식을 잘 간수 하며 버리지 않고 제대로 다 먹어 치우는 운동도 아주 가치 있는 환경보호 대책의 일환이 될 것이다. 이름하여 각 가정에서의 "냉장고 선입선출 운동"이라면 좀 어떨까 싶다.

2018년 8월 무척 더운 어느 하루

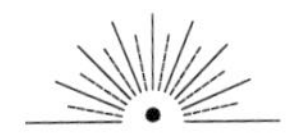

테세우스의 환생을 기다리며

인간의 마음이란 백인백색, 내 마음과 똑같은 사람은 이 세상엔 없다.

그럼에도 세상사 별 탈 없이 함께 어울려 잘 살아갈 수 있는 건 각자가 조금씩은 다르지만 거의 유사한 가치 기준을 지니고 있기 때문이다. 하지만 반대로 그 가치 기준이 너무 다른 사람들과 함께 산다는 것은 극히 피로할 일일 뿐만이 아니라 내 삶을 피폐하게까지 한다.

그리스 신화에 나오는 프로크루스테스라는 흉악한 자는 지나가는 나그네들을 자기 집으로 유혹하여 침대에 재우고는, 키가 그 침대보다 큰 사람은 다리를 잘라 죽이고, 작은 사람은 거꾸로 잡아 늘여 죽였다. 그러던 어느 날 그 사악한 악행들이 아테네의 영웅 테세우스에 의해 마침내 발각되어 그동안 다른 사람에게 저질러 왔던 대로와 똑같은 방식으로 죽임을 당하게 되었다.

그런데 그 신화 속 프로크루스테스의 침대와는 달리 현대를 살아가는 대부분의 이 세상 사람들 또한 나름 자신들 만의 기준으로 정한 자(尺)를 하나씩 가지고 있는데 나는 이를 이름하여 프로크루스테스의 자라고 부르고 싶다. 그리고 각자가 가진 그 자는 표면과 이면에 각각 치수를 재는 눈금이 따로 있는데 희한하게도 그 양면의 눈금이 사람마다 각기 다르고 그래서 자신의 유, 불리에 따라 어떤 땐 이쪽 면으로 치수를 쟀다가 또 어떤 땐 저쪽 면으로 재는 등 농단하며 살아간다.

물론 이런 말을 하는 나 역시 여느 사람들과 마찬가지로 그런 나만의 눈금자를 가지고 있고, 그래서 지난날 그 눈금자의 척도를 이용해 지금 생각하면 참 부끄러운 일들을 많이 하고 살았던 것 같다. 아주 간단한 예를 하나 들어보더라도 남이 내 차를 느닷없이 추월하면 지극히 몰상식한 자이고, 내가 남의 차를 갑자기 추월하면 바쁜데 뭐 좀 그럴 수도 있다는 이율배반을 정당화 시켰고, 다른 이들이 술집 같은 곳에서 젊은 여자들과 노닥거리면 꼴사납게 보였지만, 막상 내가 그러면 살기 힘든 세상에 잠깐의 스트레스 해소책일 뿐이라고 가볍게 생각하고 넘어갔던 적도 많았으니 말이다. 요즘 유행되는 말로 그야말로 "내로남불" 격이었다고 할 것이다.

이처럼 무릇 이성을 가진 사람이라면 너나 할 것 없이 거의 모두 이런 약간씩은 다른 척도의 자를 지니고 있는데 그 눈금들의 차이가 그야말로 대동소이하다면야 그게 어디 대단한 문제일까 싶다. 각자들이 속해 있는 사회에서의 통념과 문화 양식 그리고 각자 살아 온 과정과 지적 상이 등에 따른 다소간의 눈금 차이는 상호 간 타협과 양해로 능히 극복해 나갈 수 있는 문제이기 때문이다. 그러다 또 나이가 들어가면 그런 다양한 눈금 차이에 대한 이해의 폭도 더 넓어지게 되는 바람에 점점 남 탓도 덜하고 비난할 일이 생겨도 최대한 자제하며 살아가게 되는 것 같다. 그리고 그게 바로 세상 살아가는 이치이자 상식이 아닐까 싶다.

그 반면 아무리 이해하며 자제하려고 애를 써도 도무지 잘 안 되는 것들이 있으니 그건 바로 평범한 보통 사람들이 아닌, 소위 이 사회 지도층 인사라는 자들이 그들만의 해괴한 프로크루스테스 자를 가지고 나라 안 곳곳을 농단하는 모습을 보며 참아내야 하는 일이다. 판단컨대 아마 그들이 가지고 있는 자는 우리가 가진 그것과는 그 치수 차이가 근본적으로 다를 것이다. 즉, 그들이 가진 프로크루스테스의 자는 우리와 같은 보통 사람들이 가진 그것보다 양면의 눈금 차이가 훨씬 더 큰 마법의 자이고 또 사람에 따라서는 그런 자를 몇 개나 가진 자들도 있을 것이다. 그래서 일반사람들이 지닌 자의 기준으로 능히 느낄 부끄러움이나 양심의 가책 따윈 숫제 생길 틈새도 없을 것이리라.

그런데 바야흐로 지금 사회에는 이런 현대판 프로크루스테스가 넘쳐나는 세상이 되어 버렸다. 그래서 상식은 사라지고 순전히 개인이 가진 잣대로 만사를 평가하는 사람이 쉬 성공하고 큰 부도 창출하는 세상으로 화했다. 또 이런 현상은 비단 한 국가를 선두에서 이끌고 가는 정치계뿐만이 아니라 관계, 산업계, 노동계 그리고 사상의 좌우를 막론하고 그야말로 권력과 돈이 생기는 곳이라면 이 사회 구석구석 안 간데 없이 거미줄처럼 얽혀 있는 것을 보게 된다. 심지어는 신세대의 백년대계를 책임지는 교육계까지 물들어 가는 모습을 보면 그저 경악스러울 뿐이다. 그러고도 그들은 말한다. 그들이 지닌 그 프로크루스테스의 자는 지극히 표준적이며 그 양면의 치수가 한 치 오차 없이 정확하고 그래서 그들의 행동은 정당한 것일 뿐이라고.

그런데 이처럼 현대판 프로크루스테스가 도처에 포진해 혼탁해질 대로 혼탁해진 이 사회를 평정해 줄 현대판 영웅 테세우스는 진정 없는 것일까? 만약 아직 없다면 그런 영웅을 간절히 기다리는 건 또 어찌 나만의 바람일 수 있을까? 이에 이 글을 쓰는 나로서는 머지않은 세월에 그런 영웅이 단연코 나타나지 않을까 하는 확신으로 살아가고자 한다. 곪아 터진 환부 아래엔 반드시 생살이 돋아나기 마련이고, 부패하고 썩어빠진 왕조는 반드시 멸망하고 새로운 왕조가 태어난 과거사 또한 필연적인 역사적 귀결이었기 때문이다.

세상만사 사필귀정이라고 했고 또 나는 그 경구를 진정 믿고 싶은 사람 중 하나이다. 영원할 것만 같았던 악동 프로크루스테스의 생애가 결국 종말을 고했듯, 지금 이 나라에서 터무니없는 척도의 자를 가지고 진실을 왜곡하는 현대판 프로크루스테스의 종말도 조만간 반드시 도래할 것이라는 희망을 그래서 품어 본다.

그리곤 아직도 나는 꿈을 꾸며 살아간다. 당당히 현대판 테세우스의 일원이 되거나, 혹시 노약으로 육체적 참여가 불가하게 되면 옆에서 도울만한 어떤 작은 역할이라도 할 수 있기를 바라는 꿈 말이다. 물론 나 혼자 힘으로는 가히 꿈도 꾸지 못할 것이리라. 그러나 평범하지만 올바른 척도의 자를 보유하고 있는 많은 선한 사람들이 모이면 아마 가공할 힘을 지닌 현대판 테세우스의 탄생을 기대할 수가 있을 것이리라. 그리고 그런 연후엔 그때까지 세상을 한없이 어지럽혔던 현대판 프로크루스테스 자(尺)를 보유한 자들은 무대에서 사라지고 이 사회는 그야말로 상식이 통하는 세상으로 새롭게 탈바꿈하게 될 것이다. 그리고 그제야 나는 말할 수 있을 것이리라. 대한민국 역사상 전무했던 사필귀정의 현재화를 목격하게 된 나의 삶은 그렇게 의미 없는 허무한 삶이 아닌 나름 가치 있는 삶이었다고….

2022년 신년을 맞이한 어느 날

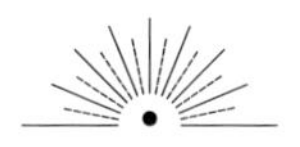

엔트로피의 역설

지금 우리는 무한정 혼돈의 상태로 치닫고 있는 자연계에서 살아가고 있다.

비단 자연계에만 한정된 것이 아닌, 인간의 내적 심연에는 또한 숨이 막히도록 꽉 짜여진 질서를 깨뜨리고 제 마음껏 무질서해지고 싶은 끊임없는 욕망이 존재한다. 그리고 이러한 인간의 욕구 또한 거부할 수 없는 지극히 자연적인 현상일진대, 우리는 이런 욕구의 실체를 일러 자유라고 칭한다.

그런데 정말 그토록 원하는 자유가 많으면 많을수록 좋은 것일까?

아마 이 글 말미쯤에서는 꼭 그렇지만은 않다는 것도 알게 되리라 싶다.

우주를 지배하는 자연계의 현상을 열과 에너지로 정의한 열역학이란 학문에서 열역학 제2법칙이라 불리는 일명 엔트로피 법칙이란 것이 있다. 자연계의 모든 물질은 각기 그 개체 특유의 에너지를 보유하고 있고, 해당 에너지가 높은 곳에서 낮은 곳으로 자연스럽게 이동해 제멋대로 뒤섞이면서 상대적인 에너지 차이를 없애려고 한다. 그리고 나아가 기존의 온갖 질서를 깨뜨리는 지극히 자유로운 상태, 즉 지극히 무질서한 카오스의 상태로 나아가려고 하는데 그것이 바로 물질의 본성이라는 것이다. 그래서 이렇게 무질서가 증가하는 현상을 두고 학술적인 용어로 엔트로피가 증가한다고 한다.

그런데 만약 이처럼 이 자연계의 엔트로피가 극대화되어 무한정으로 무질서해지면 그 끝이 어디일까? 생각건대 이러한 엔트로피의 극치는 반드시 이 지구상 대부분 생물체의 멸종으로 귀결되고 말 것이다 싶다. 엔트로피가 극한으로 증가한다는 것은 자체의 동적 에너지를 완전히 소진하게 된다는 것을 의미하니까 말이다. 상상하기 어렵지만 설사 그때 인류의 어느 한 개체가 살아남는다고 할지언정 어떤 할 일도 어떤 재미있는 일도 없고, 어떤 먹을거리도 쉬 찾을 수 없는 삭막한 세상에서 살아야 할 것이다. 그땐 아마 멸망하는 지구를 구해 줄 어떠한 창조신도 찾을 수 없을 것이리라. 무가치한 불모의 땅에서 살아가야 할 생명체를 재건해 줄 만한 창조신이 있다면 지금 당장 지구상에서 전개되는 이 무질서한 상황을 진작부터 그대로 방관하지만은 않을 것이기 때문이다.

이러한 견지에서 펜실베이니아 대학 교수인 제레미 리프킨은 세계의 많은 이들에게 찬반양론으로 크나큰 반향을 일으켰던 그의 저서 『엔트로피』에서 끝없이 발전하는 산업과 함께 무자비한 자원의 낭비로 인한 엔트로피 증가가 머지않은 미래의 지구인들에게 미칠 참상을 심각하게 경고하고 있다.

자고로 지혜를 가진 우리 인간은 자연계에서의 이러한 무질서해지려는 현상을 역으로 질서가 유지되게끔 조작하며 삶을 영위해 왔다. 자연 상태로 있던 흙과 나무들을 개고, 자르고 해서 인간들이 살 수 있는 보금자리를 만드는 일부터 이 작업은 시작되었다. 자연의 섭리대로 무조건 낮은 곳만 찾아 흘러 흘러 바다로 돌아가려고 하는 물을 억지로 끌어모아 농사에, 그리고 공업에 이용하여 왔다. 산업 사회 이후 일어난 획기적인 기계문명도 하나같이 무질서로의 이행을 억제하고 조절하는 지극히 논리적이고 질서정연한 공학적 이론이 그 뒷받침이 된 것이었다. 그 후에 일어난 첨단 문명도 어느 것 하나 이러한 틀에서 벗어나는 것은 없다.

그리고 또 인간은 자연계에 대해서가 아닌 심리학적인 인간본성에 대해서도 지혜를 발휘하여 그 욕구를 절제할 줄 알았다. 무한정 자유로워지고 싶은 내면적 욕구는 물질계의 무질서해지려는 자연현상과 거의 다를 바가 없는 것이었지만 그래도 현명한 인간들은 그들 문명의 발달 초기부터 규범이라는 것을 만들어 질서를 유지해 왔고, 그 결과 다른 동물과는 차별화된 행동양식으로 지금의 찬란한 문화를 구가하게 된 것이 아닌가 싶다. 다시 말해 인간은 생존을 위해 물질적 그리고 정신적으로 공히 자발적인 엔트로피 증가 현상을 애써 억제하여 질서를 구축하며 삶을 유지해 왔던 것이다.

그러나 이렇듯 현명한 인간도 무질서해지려는 본성 자체를 무한정 억제할 수는 없었고 그 씨앗이 된 것은 바로 인간만이 가진 탐욕이라는 것 때문이었다 싶다. 태곳적 수렵 생활에 만족하며 자연 그대로의 삶에 익숙했던 인간이 어느 때부터인가 자신의 파이를 더 크게 불리려는 욕심을 부리며 그만 절제를 잃어버리게 되고, 그러자 다른 각자들도 하나하나 본성이 지닌 카오스로의 욕구를 봇물 터트리듯 해 나갔기 때문이리라. 자연발생적 국가들에 의해 이 세상이 평안하게 유지된 것이 아니고 언제나 강자와 약자로 양분되어 대립하며, 끝없는 전쟁을 일삼았고, 그때마다 엄청난 재앙이 불어닥쳤다. 그래서 사실 나는 이 글에서 장구한 시일이 요구되는 자연계의 엔트로피 증가에 따른 물질적 종말보다 당장 긴급한 인간 본성에 따른 심적 엔트로피 증가를 더 깊이 걱정하고 싶은 심정이다. 작금 국제정세도 그렇지만 이 나라의 각계각층에서 벌어지고 있는 파벌 이기주의 또한 무질서의 극치를 향해 달려가고 있는데 이 또한 자칫하면 극히 부정적인 소위 "사회적 엔트로피"의 극대화에 따른 종말적 대미로 귀결될 수도 있을 것이다. 상기 제레미 리프킨은 그의 글 첫머리에서 "정신적 차원은 엔트로피 법칙이라는 철칙에 의해 지배되는 차원이 아니다."라는 주장을 했는데 그가 왜 그런 말을 했는지는 나로선 심히 동의할 수 없는 일일 뿐이다. 인간이 지속적으로 번영하고 존속하기 위해서는 물질적 엔트로피의 증가가 필연적으로 요구되는 것처럼 인간의 끊임없는 욕구 또한 한없는 정신적 엔트로피 증가를 간단없이 요구받기 때문이다.

이상과 같은 사실을 놓고 볼 때 이 세상에서 물질적이든 심리적이든 그 엔트로피의 적절한 억제와 조절은 인간의 삶에 필수적인 조건이라 할 수 있지만, 반대급부적으로 그 폭발적 증가란 또한 반드시 인간을 고통 속으로 몰아넣고 말 것이다. 그래서 인간의 한없는 물질적 욕구 충족에 기인한 자연계의 폭발적 엔트로피 증가와, 끝없는 자유를 추구하는 브레이크 없는 심리적 엔트로피 상승으로 인한 총체적 위기를 목전에 두고 있는 지금 우리들이 나아갈 방향 설정은 오로지 우리 자신들 몫이 되었다 싶다. 현세를 살아가는 하고많은 사람들 중에 이처럼 심각한 문제에 관심을 두는 이들이 과연 얼마나 될까만, 그중 소수만이라도 이러한 심적, 물적 쌍끌이 엔트로피 증가 속도를 줄이기 위한 노력을 진정 아끼지 말아야 할 것이다 싶다. 그래서 우선 당장이라도 지금보다 참 많이 덜 쓰고, 더 많이 불편하게 살며 더 많이 인내하고 양보하며 살아야 한다는 것이 그 일말의 수단이 될 것으로 나는 생각한다. 현세의 우리가 정말 가치있는 남은 생을 살아가기 위해, 그리고 나아가 이 땅이 보다 오랫동안 우리 후손들의 안락한 보금자리로 남을 수 있게 되기를 바란다는 극진한 마음이 손톱만큼이라도 남아 있다면 정말 그래야 할 것이다.

2021년 연말에 즈음하여

딸들에게 보내는 손편지

-1-

나의 DNA를 공유한 우리 딸들에게

사랑하는 나의 딸들아!
오늘 내가 속한 문중회지에서 마련해 준 좋은 기회에 너희들에게 이렇게 직접 펜으로 쓴 손편지를 하나 보내게 되니 어쩐지 느낌이 새롭고 감개가 무량하구나.
철없던 어린 시절엔 딸에게 젊은 아빠 얼굴도 무관하게 매일 뽀뽀를 해 대던 앙증맞던 너희들이 이젠 막걸리 한잔 하고 귀가한 나더러 술냄새 난다고 난리, 매일 비누로 목욕하지 않는다고 잔소리를 해 댈만큼 세월은 흘러 버렸다. 이제 성인이 다 되어 이 사회에서 당당히 한 몫을 하고 있는 모습을 보는 건 더할 나위 없는 큰 기쁨이지만 반면 나로서는 바야흐로 근사한 낭만이 사라져 버렸구나. 그리고 이제 앞으로 하나씩 짝을 찾아 떠나면 너희들의 그 잔소리가 또 하나의 추억으로 내 맘 속에 자리하게 되겠지.
먼저 천성이 착해 어렸을 때 매번 동생들의 욕심에 양보하고 배려하던 큰 딸 주란이가 지금 와서는 더없이 믿음직스런 성인으로 성장했으니 참 고맙구나.
한중 수교 후 불과 수년이 경과한 1990년대 후반, 중학 과정도 채 안 마친 어린 나이로 홀로 중국으로 공부하러 떠났던 용기도 참 가상했지만, 그 결과 지금와

-2-

해외 관련 전문직에 당당하게 임하고 있는 네 모습을
보며 새삼 너의 그 용기와 인내에 또 한번 경의를
표하고 싶은 심정이다. 그래도 딱 한가지 걱정이 있다면
과년한 네가 아직도 짝을 못 찾고 있다는 점일 것이다.
그러나 극히 최근에 와서 이 아빠는 이제 자꾸 이런
걱정일랑 그만 접어야겠다고 마음 먹었다. 예로부터
사람이란 나이가 차면 결혼을 해서 일가를 이룸이 가장
평범하고 자연스런 현상이었지만 그러나 이제 그만 세상이
변해 버렸구나. 지구온난화로 인한 급격한 세계적
생활 환경의 황폐화와 함께 초고속으로 발전하는
과학문명에 따른 인간 본성의 이질화로 이제 우리 인류의
장밋빛 미래에 대한 꿈은 버려야 될 때가 온 것이
아닌가 싶어서이다. 오죽하면 수많은 과학자들이 지금처럼
무분별한 발전이 계속된다면 100년 후 지구의 미래를
장담하기 어렵다는 경고를 주고 있을까 싶다.

미래가 이처럼 불투명한 세상에서 과연 인간이
예전처럼 그냥 의례적으로 결혼하고 아이 낳아 기르며
산다는 것이 진정으로 행복한 삶이 될 것인지는 나도
사실 잘 모르겠다. 그 때는 그때 나름대로의 새로운
기준이 생기겠지만 어쨌든 나는 이런 의문이 솟구칠
때마다 우리 아이들에게는 결혼을 일방적으로 강권하지
말은 않겠다는 전격적 개념 전환을 하게 되고 말았지.

-3-

그러나 이 세상의 미래가 아무리 힘들고 불투명하더라도
남녀간 사랑은 막지 못할 것이고, 또 자신의 자식을
낳아 기르고 싶은 종족유지 본능 또한 여전할 것이리라
본다. 무엇보다 사람은 사회적 동물이라 가능하면 혼자
사는 것 보다는 사랑하는 사람과 같이 사는 것이 이상적이지
않나 싶구나. 네가 지금처럼 혼자만의 생활에 만족하며
살아가든 아님 적당한 때에 짝을 구해 새 생활을 구현
하든 오롯이 네 판단에 맡기겠지만, 따지고 보면 우리
인생이 생각만큼 그리 길지는 않은 것이니 잘 생각해
현명한 판단을 해 주었으면 싶구나

이제 둘째인 지현에게 이야기 할 차례구나.
최근 논문 작성과 여타 활동 등으로 분주한 너를 보며
문득 이 아빠의 너에게 거는 기대가 너무 컸던 것이
아닌지 후회스런 맘이 들 때가 있구나. 네가 전공하는
국제사회학 과정. 그것도 중동 아프리카 분야의 공부하는
것이 그리 힘든 과정인 줄 나는 그때 예상도 못했었다.
지금 생각하면 내가 애초에 적극적으로 말리지 못하고,
나중에 가서는 오히려 격려까지 해 준 것이 어쩜 너의
학문적 욕구를 빌미로 대리 만족을 지향했던 이 아빠의
불찰에 기인한 것이 아니었던가 싶기도 하다.
하지만 어쩌겠니? 이제 주사위는 던져졌으니 그저
열심히 정진해서 마지막 남은 논문을 잘 마무리 해

- 4 -

학위를 수여받기만 바랄 뿐이다.

그리고 그 이후의 지현의 미래에 대해서는 나는 그리 걱정하지 않을 작정이다. 내 판단으로 너는 네 앞가림은 어떻게든 해 나가는 사람이고 더군다나 편협하지 않은 열린 사고를 지녔기에 어려운 환경도 얼마든지 극복할 것이리라 믿기 때문이다. 올해 1월 23일 날, 영국의 저명한 진화생물학자 「리차드 도킨스」의 내한 강연에 나를 초청하더니 이후 그의 강연이 끝난 후 내 손을 잡아 끌고 그의 저서 「이기적 유전자」에 사인을 받으며 우리 아빠가 당신의 열렬한 팬이라고 자랑스럽게 소개해 주었지? 내 서가에는 이미 그의 저서가 있었지만 너는 그의 자필 사인을 구하기 위해 일부러 새 책까지 사서 나에게 주었지. 그리고 그 때 난 참 큰 감동을 느꼈다. 종교적으로 기독교적 배경을 가지고 있는 네가 무슬림의 종교와 문화에 대한 학문을 연구하며, 나아가 진화론까지 섭렵하며 흡수하는 너의 열린 지식인의 사고에 대해서 말이다. 그러면서 얼마나 내 딸을 자랑스럽고 대견스럽게 생각했는지 모른다. 그러한 열린 사고를 바탕으로 하여 조만간 학문을 마친 후 국제 사회적으로 더욱 가치있는 일을 해 주기를 이 아빠는 간절히 바랄 뿐이다.

-5-

이제 끝으로 우리 막내 한나에게 말할 차례구나.
한해 일찍 초등학교에 들어 간 후 매일 집에만 돌아
오면 학교 다니기 싫다고 울고불고 난리를 치던 네가
벌써 20대 중반이 되었고, 지금은 어엿한 외국계
선박회사에서 일하며 경제적 여유마저 누릴 수 있게
되었으니 정말로 세월은 빠르고 변화무쌍하구나 싶다.
지난 해 신입사원으로서 유난히 힘들어 하는 너를 보며
부모된 입장에 가슴도 많이 아팠지만 이후 서서히
그런 과정을 슬기롭게 극복해 나가는 네 모습이 참
좋아 보였다. 「세상만사 새옹지마」 란 말이 있지.
어떠한 행운이나 불행도 영원하지 않는 법이니 한 때의
호불호에 좌지우지 되어서는 안 된다는 것이 바로 이
새옹지마의 교훈이다. 작년 3월 네가 힘들어 할 때
보낸 아빠의 편지에서 여성으로서 유리천정을 극복한
어느 물류회사 사장에 대한 이야기를 하며 언급한 대로,
나름대로의 적극성과 용기 그리고 실천성과 아이디어를
겸비한 너는 향후의 길고도 긴 인생살이에서 반드시
성공할 것이리라 믿는다. 최근 네 카톡의 개인 프로필에
쓰인 "MOVE"의 의미가 정확히 무엇인지 모르지만
나의 짐작으로 네가 직장을 옮기고 싶은 바람을 그렇게
은유적으로 표현한 것이 아닐까 싶었다. 그러나 누구나
공유할 수 있는 그런 매체에 너의 심중을 흘리는 것은

-6-

조직생활을 하는 사람으로서는 바람직하지 않을 수도
있다는 생각이 드는구나. 지금의 네 상사나 동료도 그걸
볼 수 있고 나처럼 걱정할 수도 있을 터이니 말이다.
네가 첫 직장을 잡고 무슨 말 끝엔가 "그럼 내가
사장을 하면 되지!" 라는 말을 한 적이 있었지.
결코 불가능한 것도 아니지만 그런 대업을 이루려면
끊임없는 인내와 함께 매사 심사숙고하는 자세가
필요할 것이 아닌가 싶구나.
오늘 이렇게 우리 세 딸들에게 내가 하고 싶었던
이야기를 많이 했구나. 마지막으로 너희들 모두에게 한가지만
더 부탁할 것이 있다면 앞으로 살아가며 끊임없이
공부하는 자세를 가져 주었으면 한다. 중국 주자라는
학자의 글 중 "少年易老 學難成 一寸光陰
不可輕" 이라는 시귀가 있는데 소년은 늙기 쉽고
학문은 이루기 어려우니 찰라적 순간도 가벼이 여기지
말라는 뜻이다. 그런데 나는 이 글 중의 한 자를 외람
바꿨었다. "少年易老" 중 少 자 대신 中 자를 넣어
"中年易老"로 글의 의미를 바꾸었고, 그래서 중년은
늙기 쉽고 학문은 이루기 어려우니 일초광음도 소홀히
말라는 경구로 변경시켰다. 그리고 이 경구를 내
생활철학의 하나로 삼기로 했다. 참고로 무료전철을
타는 내 나이에도 정신연령과 신체 나이는 아직 중년이

-7-

절대 뒤짐이 없으니 감히 중년이라 칭해도 모자랄 것이 없단다. 살찐 돼지보다 야윈 소크라테스가 되라는 말이 있지. 천민 사상으로 충만된 부자들이나 관료들은 쌔고 쌘 세상이나 진정한 자아로 충만된 참 인간은 그리 많지 않은 세상이다. 비록 큰 돈이나 명예가 없어도 존재하는 부류들과 대응하게 혹은 오히려 내려다 보며 살 수 있는 유일한 길은 지식의 무장이고, 그 지식 중에서도 인문학과 철학 그리고 얼마간의 과학적 소양이 가장 필요한 것이 아닐까 생각한다.

너희들도 알다시피 우리 부부는 이제 나이가 꽤 들었다. 반면 운은 그리 나쁘지 않아 아직까지 현업을 유지하고 있는 나도 이젠 서서히 물러나야 할 때가 다가오고 있구나. 너희들도 결혼을 하든 안 하든 앞으로 머지않은 시기에 각자 독립하여 살아 갈 때가 있겠지만 그 전까지라도 우리 가족끼리 서로 양보하고 위로하는 진한 가족애를 가지고 한번 잘 살아 보자꾸나.

마지막으로 예쁘고 착하게 그리고 무엇보다 건강하게 잘 성장해 준 너희들에게 이 아빠의 진정을 담아 고마움을 표하며 이만 펜을 놓아야겠다. 그리고 끝까지 읽어 줘서 고맙구나.

2017년 8월 3일. 주란, 지현 그리고 한나 아빠가 씀